文字禍・牛人

中島 敦

角川文庫
22420

目次

狐憑《きつねつき》*

ネウリ部落のシャクに憑《つ》きものがしたという評判である。色々なものが此《こ》の男にのり移るのだそうだ。鷹《たか》だの狼だの獺《かわうそ》だのの霊が哀れなシャクにのり移って、不思議な言葉を吐かせるということである。

後に希臘《ギリシャ》人がスキュティア人*と呼んだ未開の人種の中でも、この種族は特に一風変っている。彼等は湖上に家を建てて住む。野獣の襲撃を避ける為である。数千本の丸太を湖の浅い部分に打込んで、其《そ》の上に板を渡し、其処《そこ》に彼等の家々は立っている。床の所々に作られた落し戸を開け、籠《かご》を吊して彼等は湖の魚を捕る。独木舟《カヌー》を操り、水狸や獺を捕える。麻布の製法を知っていて、獣皮と共に之《これ》を身にまとう。馬肉、羊肉、木苺《きいちご》、菱《ひし》の実等を喰《く》い、馬乳や馬乳酒を嗜《たしな》む。牝馬《ひんば》の腹に獣骨の管を挿入れ、奴隷に之を吹かせて乳を垂下《したた》らせる古来の奇法が伝えられている。

ネウリ部落のシャクは、斯《こ》うした湖上民の最も平凡な一人であった。

シャクが変になり始めたのは、去年の春、弟のデックが死んで以来のことである。

その時は、北方から剽悍《ひょうかん》な遊牧民ウグリ族の一隊が、馬上に偃月刀《えんげつとう》を振りかざして疾風の如くに此の部落を襲うて来た。湖上の民は必死になって禦《ふせ》いだ。初めは湖畔に出て侵略者を迎え撃った彼等も名だたる北方草原の騎馬兵に当りかねて、湖上の栖処《すみか》に退いた。湖岸との間の橋桁《はしげた》を撤して、家々の窓を銃眼に、投石器や弓矢で応戦した。独木舟を操るに巧みでない遊牧民は、湖上の村の殲滅《せんめつ》を断念し、湖畔に残された家畜を奪っただけで、又、疾風の様に北方に帰って行った。後には、血に染んだ湖畔の土の上に、頭と右手との無い屍体《したい》ばかりが幾つか残されていた。頭と右手だけは、侵略者が斬取って持って帰って了《しま》った。頭蓋骨《ずがいこつ》は、その外側を鍍金《めっき》して髑髏杯《どくろはい》を作るため、右手は、爪をつけたまま皮を剝《は》いで手袋とするためである。シャクの弟のデックの屍体もそうした辱《はずか》しめを受けて打捨てられていた。顔が無いので、服装と持物とによって見分ける外はないのだが、革帯の目印と鉞《まさかり》の飾とによって紛《まぎ》れもない弟の屍体をたずね出した時、シャクは暫《しばら》く茫《ぼう》っとしたまま其の惨めな姿を眺めていた。其の様子が、どうも、弟の死を悼《いた》んでいるのとは何処《どこ》か違うように見えた、と、後でそう言っていた者がある。

　その後間もなくシャクは妙な譫言《うわごと》をいうようになった。何が此の男にのり移って奇怪な言葉を吐かせるのか、初め近処の人々には判らなかった。言葉つきから判断すれば、それは生きながら皮を剝がれた野獣の霊ででもあるように思われる。一同が考えた末、それは、蛮人に斬取られた彼の弟デックの右手がしゃべっているのに違いないという結論に達した。四五日すると、シャクは又別の霊の言葉を語り出した。今度は、それが何の霊であるか、直ぐに判った。武運拙《つたな》く戦場に斃《たお》れた顚末《てんまつ》から、死後、虚空の大霊に頸筋《くびすじ》を摑《つか》まれ無限の闇黒の彼方《かなた》へ投げやられる次第を哀しげに語るのは、明らかに弟デック其の人と、誰もが合点した。シャクが弟の屍体の傍に茫然《ぼうぜん》と立っていた時、秘《ひそ》かにデックの魂が兄の中に忍び入ったのだと人々は考えた。

さて、それ迄《まで》は、彼の最も親しい肉親、及び其の右手のこととて、彼にのり移るのも不思議はなかったが、其の後一時平静に復《かえ》ったシャクが再び譫言を吐き始めた時、人々は驚いた。今度は凡《およ》そシャクと関係のない動物や人間共の言葉だったからである。今迄にも憑きものした男や女はあったが、斯《こ》んなに種々雑多なものが一人の人間にのり移った例《ためし》はない。或《ある》時は、此の部落の下の湖を泳ぎ廻る鯉《こい》がシャクの口を仮《か》りて、鱗族《いろくず》*達の生活の哀しさと楽しさとを語った。或時は、トオラス山の隼《はやぶさ》が、湖と草原と山脈と、又その向うの鏡の如き湖との雄大な眺望について語った。草原の牝狼《めすおおかみ》が、白けた冬の月の下で飢《うえ》に悩みながら一晩中凍《い》てた土の上を歩き廻る辛さを語ることもある。

人々は珍しがってシャクの譫言を聞きに来た。おかしいのは、シャクの方でも（或《ある》いは、シャクに宿る霊共の方でも）多くの聞き手を期待するようになったことである。シャクの聴衆は次第にふえて行ったが、或時彼等の一人が斯んなことを言った。シャクの言葉は、憑きものがしゃべっているのではないぞ、あれはシャクが考えてしゃべっているのではないかと。

成程《なるほど》、そう言えば、普通憑きもののした人間は、もっと恍惚《こうこつ》とした忘我の状態でしゃべるものである。シャクの態度には余り狂気じみた所がないし、其の話は条理が立ち過ぎている。少し変だぞ、という者がふえて来た。

シャク自身にしても、自分の近頃している事柄の意味を知ってはいない。勿論《もちろん》、普通の所謂《いわゆる》憑きものと違うらしいことは、シャクも気がついている。しかし、何故自分は斯んな奇妙な仕草を幾月にも亙《わた》って続けて、猶《なお》、倦《う》まないのか、自分でも解らぬ故、やはり之は一種の憑きものの所為《せい》と考えていいのではないかと思っている。初めは確かに、弟の死を悲しみ、其の首や手の行方を憤《いきどお》ろしく思い画《えが》いている中に、つい、妙なことを口走って了ったのだ。之は彼の作為でないと言える。しかし、之が元来空想的な傾向を有《も》つシャクに、自己の想像を以て自分以外のものに乗り移ることの面白さを教えた。次第に聴衆が増し、彼等の表情が、自分の物語の一弛一張《いっしいっちょう》につれて、或いは安堵《あんど》の・或いは恐怖の・偽《いつわり》ならぬ色を浮べるのを見るにつけ、此の面白さは抑え切れぬものとなった。空想物語の構成は日を逐《お》うて巧みになる。想像による情景描写は益々生彩を加えて来る。自分でも意外な位、色々な場面が鮮かに且《か》つ微細に、想像の中に浮び上って来るのである。彼は驚きながら、やはり之は何か或る憑きものが自分に憑いているのだと思わない訳に行かない。但《ただ》し、斯うして次から次へと故知らず生み出されて来る言葉共を後々《のちのち》迄も伝えるべき文字という道具があってもいい筈だということに、彼は未《いま》だ思い到らない。今、自分の演じている役割が、後世どんな名前で呼ばれるかということも、勿論知る筈がない。

シャクの物語がどうやら彼の作為らしいと思われ出してからも、聴衆は決して減らなかった。却《かえ》って彼に向って次々に新しい話を作ることを求めた。それがシャクの作り話だとしても、生来凡庸《ぼんよう》なあのシャクに、あんな素晴らしい話を作らせるものは確かに憑きものに違いないと、彼等も亦《また》作者自身と同様の考え方をした。憑きもののしていない彼等には、実際に見もしない事柄に就《つ》いて、あんなに詳しく述べることなど、思いも寄らぬからである。湖畔の岩陰や、近くの森の樅《もみ》の木の下や、或いは、山羊《やぎ》の皮をぶら下げたシャクの家の戸口の所などで、彼等はシャクを半円にとり囲んで坐《すわ》りながら、彼の話を楽しんだ。北方の山地に住む三十人の剽盗《ひょうとう》の話や、森の夜の怪物の話や、草原の若い牡牛《おうし》の話などを。

若い者達がシャクの話に聞き惚《ほ》れて仕事を怠るのを見て、部落の長老連が苦い顔をした。彼等の一人が言った。シャクのような男が出たのは不吉の兆《きざし》である。もし憑きものだとすれば、斯んな奇妙な憑きものは前代未聞だし、もし憑きものでないとすれば、斯んな途方もない出鱈目《でたらめ》を次から次へと思いつく気違いは未だ曾《かつ》て見たことがない。いずれにしても、こんな奴が飛出したことは、何か自然に悖《もと》る不吉なことだと。此《こ》の長老が偶々《たまたま》、家の印として豹《ひょう》の爪を有《も》つ・最も有力な家柄の者だったので、この老人の説は全長老の支持する所となった。彼等は秘かにシャクの排斥を企《たくら》んだ。

シャクの物語は、周囲の人間社会に材料を採ることが次第に多くなった。何時迄《いつまで》も鷹《たか》や牡牛の話では聴衆が満足しなくなって来たからである。シャクは、美しく若い男女の物語や、吝嗇《りんしょく》で嫉妬《しっと》深い老婆の話や、他人には威張っていても老妻にだけは頭の上がらぬ酋長《しゅうちょう》の話をするようになった。脱毛期の禿鷹《はげたか》の様な頭をしているくせに若い者と美しい娘を張合って惨《みじ》めに敗れた老人の話をした時、聴衆がドッと笑った。余り笑うので其の訳を訊《たず》ねると、シャクの排斥を発議した例の長老が最近それと同じ様な惨めな経験をしたという評判だからだ、と言った。

長老は愈々《いよいよ》腹を立てた。白蛇のような奸智《かんち》を絞って、彼は計をめぐらした。最近に妻を寝取られた一人の男が此の企《たくらみ》に加わった。シャクが自分にあてこする様な話をしたと信じたからである。二人は百方手を尽くして、シャクが常に部落民としての義務を怠っていることに、みんなの注意を向けようとした。シャクは釣をしない。シャクは馬の世話をしない。シャクは森の木を伐《き》らない。獺《かわうそ》の皮を剝《は》がない。ずっと以前、北の山々から鋭い風が鵝毛《がもう》*の様な雪片を運んで来て以来、誰か、シャクが村の仕事をするのを見た者があるか？

人々は、成程そうだと思った。実際、シャクは何もしなかったから。冬籠《ふゆごも》りに必要な品々を頒《わ》け合う時になって、人々は特に、はっきりと、それを感じた。最も熱心なシャクの聞き手までが。それでも、人々はシャクの話の面白さに惹《ひ》かれていたので、働かないシャクにも不承無承《ふしょうぶしょう》冬の食物を頒け与えた。

厚い毛皮の陰に北風を避け、獣糞や枯木を燃した石の炉の傍で馬乳酒を啜《すす》りながら、彼等は冬を越す。岸の蘆《あし》が芽ぐみ始めると、彼等は再び外へ出て働き出した。

シャクも野に出たが、何か眼の光も鈍く、呆《ぼ》けたように見える。人々は、彼が最早《もはや》物語をしなくなったのに気が付いた。強《し》いて話を求めても、以前したことのある話の蒸《む》し返ししか出来ない。いや、それさえ満足には話せない。言葉つきもすっかり生彩を失って了った。人々は言った。シャクの憑きものが落ちたと。多くの物語をシャクに語らせた憑きものが、最早、明らかに落ちたのである。

憑きものは落ちたが、以前の勤勉の習慣は戻って来なかった。働きもせず、さりとて、物語をするでもなく、シャクは毎日ぼんやり湖を眺めて暮らした。其の様子を見る度に、以前の物語の聴手達は、この莫迦面《ばかづら》の怠け者に、貴い自分達の冬籠りの食物を頒けてやったことを腹立たしく思出した。シャクに含む所のある長老達は北叟笑《ほくそえ》んだ。部落にとって有害無用と一同から認められた者は、協議の上で之を処分することが出来るのである。

硬玉《こうぎょく》の頸飾《くびかざり》を著《つ》けた鬚《ひげ》深い有力者達が、よりより相談をした。身内の無いシャクの為に弁じようとする者は一人も無い。

丁度雷雨季がやって来た。彼等は雷鳴を最も忌《い》み恐れる。それは、天なる一眼の巨人の怒れる呪いの声である。一度此の声が轟《とどろ》くと、彼等は一切の仕事を止めて謹慎し、悪しき気を祓《はら》わねばならぬ。奸譎《かんけつ》な老人は、占卜者《せんぼくしや》を牛角杯二箇で以て買収し、不吉なシャクの存在と、最近の頻繁な雷鳴とを結び付けることに成功した。人々は次の様に決めた。某日《ぼうじつ》、太陽が湖心の真上を過ぎてから西岸の山毛欅《ぶな》の大樹の梢《こずえ》にかかる迄の間に、三度以上雷鳴が轟いたなら、シャクは、翌日、祖先伝来のしきたりに従って処分されるであろう。

其の日の午後、或者は四度雷鳴を聞いた。或者は五度聞いたと言った。

次の日の夕方、湖畔の焚火《たきび》を囲んで盛んな饗宴が開かれた。大鍋《おおなべ》の中では、羊や馬の肉に交って、哀れなシャクの肉もふつふつ煮えていた。食物の余り豊かでない此の地方の住民にとって、病気で斃れた者の外、凡《すべ》ての新しい屍体《したい》は当然食用に供せられるのである。シャクの最も熱心な聴手だった縮れっ毛の青年が、焚火に顔を火照《ほて》らせながらシャクの肩の肉を頬張った。例の長老が、憎い仇《かたき》の大腿骨を右手に、骨に付いた肉を旨《うま》そうにしゃぶった。しゃぶり終ってから骨を遠くへ抛《ほう》ると、水音がし、骨は湖に沈んで行った。

ホメロス*と呼ばれた盲人のマエオニデェス*が、あの美しい歌どもを唱《うた》い出すよりずっと以前に、斯うして一人の詩人が喰われて了ったことを、誰も知らない。

木乃伊《ミイラ》

大キュロス＊とカッサンダネとの息子、波斯《ペルシャ》＊王カンビュセス＊が埃及《エジプト》に侵入した時のこと、その麾下《きか》の部将にパリスカスなる者があった。父祖は、ずっと東方のバクトリヤ＊辺から来たものらしく、何時迄《いつまで》たっても都の風になじまぬ頗《すこぶ》る陰鬱な田舎者である。何処《どこ》か夢想的な所があり、その為、相当な位置にいたにも拘《かか》わらず、何時も人々の嘲笑を買っていた。

波斯軍がアラビヤを過ぎ、愈々《いよいよ》埃及の地に入った頃から、このパリスカスの様子の異常さが朋輩や部下の注意を惹《ひ》きはじめた。パリスカスは見慣れぬ周囲の風物を特別不思議そうな眼付で眺めては、何か落著《おちつ》かぬ不安げな表情で考え込んでいる。何か思出そうとしながら、どうしても思出せないらしく、いらいらしている様子がはっきり見える。埃及軍の捕虜共が陣中に引張られて来た時、その中の或《あ》る者の話している言葉が彼の耳に入った。暫《しばら》く妙な顔をして、それに聞入っていた後、彼は、何だか彼等の言葉が分るような気がする、と、傍の者に言った。自分で其《そ》の言葉を話すことは出来ないが、彼等の話す言葉だけは、どうやら理解できるようだ、というのである。パリスカスは部下をやって、その捕虜が埃及人か、どうか（というのは、埃及軍の大部分は希臘《ギリシャ》人その他の傭兵《ようへい》だったから）を尋ねさせた。たしかに埃及人だという返辞《へんじ》である。彼は又不安な表情をして考えに沈んだ。彼は今迄に一度も埃及に足を踏入れたこともなく、埃及人と交際をもったこともなかったのである。激しい戦の最中《もなか》にあっても、彼は、なお、ぼんやりと考えこんでいた。

敗れた埃及軍を追うて、古《いにしえ》の白壁の都メムフィス*に入城した時、パリスカスの沈鬱な興奮は更に著しくなった。癲癇《てんかん》病者の発作直前の様子を思わせることも屢々《しばしば》である。以前は嗤《わら》っていた朋輩達も少々気味が悪くなって来た。メムフィスの市《まち》はずれに建っている方尖塔《オベリスク》*の前で、彼は其の表に彫られた絵画風な文字を低い声で読んだ。そして、同僚達に、其の碑を建てた王の名と、その功業とを、矢張《やはり》、低い声で説明した。同僚の諸将は、皆、へんな気持になって顔を見合せた。パリスカス自身も頗るへんな顔をしていた。誰も（パリスカス自身も）、今迄パリスカスが埃及の歴史に通じているとも、埃及文字が読めるとも、聞いたことがなかったのである。

其の頃から、パリスカスの主人、カンビュセス王も次第に狂暴な瘋癲《ふうてん》の気に犯され始めたようである。彼は埃及王プサメニトス*に牛の血を飲ませて、之《これ》を殺した。それだけでは慊《あき》焉たらず、今度は、半年前に崩じた先王アメシス*の屍《しかばね》を辱《はずか》しめようと考えた。カンビュセスが含む所*のあったのは、寧《むし》ろアメシス王の方だったからである。彼は自ら一軍を率いて、アメシス王の廟所《びょうしょ》のあるサイスの市《まち》*に向った。サイスに着くと、彼は、故アメシス王の墓所を探出し、その屍を掘出して、己《おのれ》の前に持って来るよう、一同に命令した。

かねて斯《か》かる事のあるべきを期していたものと見え、アメシス王の墓所の所在は巧みに晦《くら》まされていた。波斯《ペルシャ》軍の将士はサイス市内外の多数の墓地を一つ一つ発《あば》いて検《あらた》めて歩かねばならなかった。

さて、パリスカスも、此《こ》の墓所捜索隊の中に加わっていた。他の連中は、埃及貴族の木乃伊《ミイラ》と共に墓に納められた無数の宝石、装身具、調度《ちょうど》類の掠奪《りゃくだつ》に夢中になっていたが、パリスカスだけは、そんなものには目も呉《く》れず、相変らず沈鬱な面持で、墓から墓へと歩き廻っていた。時々その暗い表情の何処かに、曇天の薄れ陽《び》のような明るみが射しかけることもあるが、それは直ぐに消えて、又、元の落著《おちつき》のない暗さに戻って了《しま》う。心の中に、何か、或る、解けそうで解けないものが引掛っているような風である。

捜索を始めてから何日目かの或る午後、パリスカスは、たった一人で、或る非常に古そうな地下の墓室の中に立っていた。何時、同僚や部下と、はぐれて了ったものか、この墓は市《まち》のどの方角に当るものか、それらは、まるで判らない。とにかく、何時もの夢想から醒《さ》めて、ひょいと気が付いて見たら、たった一人で古い墓室の薄暗がりの中にいた、というより外はない。

眼が暗さに慣れるにつれ、中に散乱した彫像、器具の類や、周囲の浮彫、壁画などが、ぼうっと眼前に浮上って来た。棺は蓋《ふた》を取られたまま投出され、埴輪人形《ウシャブチ》の首が二つ三つ、傍にころがっている。既に他の波斯兵の掠奪にあった後であることは、一見して明らかである。古い埃《ほこり》のにおいが冷たく鼻を襲う。闇の奥から、大きな鷹頭神の立像が、硬い表情でこちらを覗《のぞ》いている。近くの壁画を見れば、豺《やまいぬ》や鰐《わに》や青鷺《あおさぎ》などの奇怪な動物の頭をつけた神々の憂鬱な行列である。顔も胴もない巨きな眼《ウチャト》が一つ、細長い足と手とを生《は》やして、其の行列に加わっている。

パリスカスは殆《ほとん》ど無意識に足を運ばせて奥へ進んだ。五六歩行くと、彼は躓《つまず》いた。見ると、足許に木乃伊《ミイラ》がころがっている。彼は、又殆ど何の考《かんがえ》もなしに其の木乃伊を抱起《だきおこ》して、神像の台に立掛けた。数日来見飽きる程見て来た平凡な木乃伊である。彼は、その儘《まま》、行過ぎようとして、ふと其の木乃伊の顔を見た。途端に、冷熱いずれともつかぬものが、彼の脊《せ》筋《すじ》を走った。木乃伊の顔に注いだ視線を、最《も》早《はや》外《そ》らすことが出来なくなった。彼は、磁石に吸寄せられたように、凝乎《じっ》と身動きもせず、その顔に見入った。

どれ程の長い間、彼は其処《そこ》に、そうしていたろう。

その間に、彼の中に非常な変化が起ったような気がした。彼の身体を作上げている、あらゆる元素どもが、彼の皮膚の下で、物凄《ものすご》く（丁度、後世の化学者が、試験管の中で試みる実験のように）泡立ち、煮えかえり、其の沸騰が暫《しばら》くして静まった後は、すっかり以前《もと》の性質と変って了ったように思われた。

彼は大変やすらかな気持になった。気がつくと、埃及入国以来、気になって仕方のなかったこと——朝になって思出そうとする昨夜の夢のように、解りそうでいて、どうしても思出せなかったことが、今は実に、はっきり判るのである。なんだ。こんな事だったのか。彼は思わず声に出して言った。「俺は、もと、此の木乃伊だったんだよ。たしかに。」

パリスカスが此の言葉を口にした時、木乃伊が、心持《こころもち》、脣《くちびる》の隅《すみ》をゆがめたように思われた。何処から光が落ちて来るのか、木乃伊の顔の所だけ仄明《ほのあか》るく浮上っていて、はっきり見えるのである。

今や、闇を劈《ひきさ》く電光の一閃《いっせん》の中に、遠い過去の世の記憶が、一《いち》どきに蘇《よみがえ》って来た。彼の魂が曾《かつ》て、此の木乃伊に宿っていた時の様々な記憶が。砂地の灼《や》けつくような陽の直射や、木蔭の微風のそよぎや、氾濫《はんらん》のあとの泥のにおいや、繁華な大通を行交《ゆきか》う白衣の人々の姿や、沐浴《もくよく》のあとの香油の匂や、薄暗い神殿の奥に跪《ひざまず》いた時の冷やかな石の感触や、そうした生々しい感覚の記憶の群が忘却の淵から一時に蘇って、殺到して来た。

その頃、彼はプターの神殿の祭司ででもあったのだろうか。だろうか、と云うのは、彼の曾て見、触れ、経験した事物が今彼の眼前に蘇って来るだけで、その頃の彼自身の姿は一向に浮かんでこないからである。

ふと、自分が神前に捧《ささ》げた犠牲《いけにえ》の牡牛の、もの悲しい眼が、浮かんで来た。誰か、自分のよく知っている人間の眼に似ているなと思う。そうだ。確かに、あの女だ。忽《たちま》ち、一人の女の眼が、孔雀石《くじゃくせき》*の粉を薄くつけた顔が、ほっそりした身体つきが、彼に馴染《なじみ》のしぐさと共に懐かしい体臭迄伴って眼前に現れて来た。ああ懐かしい、と思う。それにしても夕暮の湖《みずうみ》の紅鶴《べにづる》の様な、何と寂《さび》しい女だろう。それは疑《うたがい》もなく、彼の妻だった女である。

不思議なことに、名前は、何一つ、人の名も所の名も物の名も、全然憶出《おもいだ》せない。名の無い形と色と匂と動作とが、距離や時間の観念の奇妙に倒錯した異常な静けさの中で、彼の前に忽ち現れ、忽ち消えて行く。

彼は最早木乃伊を見ない。魂が彼の身体を抜出して、木乃伊に入って了ったのであろうか。

又、一つの情景が現れる。自分は酷《ひど》い熱で床の上に寝《ね》ているらしい。傍には妻の心配そうな顔が覗いている。その後《うしろ》には、まだ誰やら老人らしいのや子供らしいのがいる様子である。ひどく咽喉《のど》が渇く。手を動かすと、直ぐに妻が来て、水を飲ませて呉《く》れる。それから暫く、うとうとする。眼が覚めた時は、もうすっかり熱がひいている。うす眼をあけて見ると、傍で妻が泣いている。後《うしろ》で老人達も泣いているようだ。急に、雨雲の陰が湖の上を見る見る暗く染めて行くように、蒼《あお》い大きな翳《かげ》が自分の上にかぶさって来る。目の眩《くら》むような下降感に思わず眼を閉じる。――

其処で彼の過去の世の記憶はぷっつり切れている。さて、それから幾百年間の意識の闇が続いたものか、再び気が付いた時は、(即ち、それは今のことだが)一人の波《ペル》斯《シャ》の軍人として、(波斯人としての生活を数十年送った後)己《おのれ》の曾ての身体の木乃伊の前に立っていたのである。

奇怪な神秘の顕現に慄然《りつぜん》としながら、今、彼の魂は、北国の冬の湖の氷のように極度に澄明に、極度に張りつめている。それは尚も、埋没した前世の記憶の底を凝視し続ける。其処には、深海の闇に自ら光を放つ盲魚共のように、彼の過去の世の経験の数々が音もなく眠っているのである。

其の時、闇の底から、彼の魂の眼は、一つの奇怪な前世の己の姿を見付け出した。前世の自分が、或る薄暗い小室の中で、一つの木乃伊と向い合って立っている。おののきつつ、前世の自分は、其の木乃伊が前々世の己《おのれ》の身体であることを確認せねばならない。今と同じような薄暗さ、うすら冷たさ、埃《ほこり》っぽいにおいの中で、前世の己は、忽然《こつぜん》と、前々世の己の生活を思出す……

彼はぞっとした。一体どうしたことだ。この恐ろしい一致は。怯《おそ》れずに尚仔細《しさい》に観るならば、前世に喚起した、その前々世の記憶の中に、恐らくは、前々々世の己の同じ姿を見るのではなかろうか。合せ鏡のように、無限に内に畳まれて行く不気味な記憶の連続が、無限に——目くるめくばかり無限に続いているのではないか？

パリスカスは、全身の膚《はだ》に粟《あわ》を生じて、逃出そうとする。しかし、彼の足は、すくんで了う。彼は、まだ木乃伊の顔から眼を離すことが出来ない。凍ったような姿勢で、琥珀色《こはくいろ》の干涸《ひか》らびた身体に向い合って立っている。

翌日、他の部隊の波斯《ペルシャ》兵がパリスカスを発見した時、彼は固く木乃伊を抱いたまま、古墳の地下室に倒れていた。介抱されて漸《ようや》く息をふき返しはしたが、最早、明らかな狂気の徴候を見せて、あらぬ譫言《うわごと》をしゃべり出した。その言葉も、波斯語ではなくて、みんな埃及《エジプト》語だったということである。

文《も》字《じ》禍《か》

文字の霊などというものが、一体、あるものか、どうか。

アッシリヤ人は無数の精霊を知っている。夜、闇の中を跳梁《ちょうりょう》するリル、その雌《めす》のリリツ、疫病をふり撒《ま》くナムタル、死者の霊エティンム、誘拐者ラバス等、数知れぬ悪霊共がアッシリヤの空に充ち満ちている。しかし、文字の精霊に就《つ》いては、まだ誰も聞いたことがない。

其《そ》の頃――というのは、アシュル・バニ・アパル大王*の治世第二十年目の頃だが――ニネヴェ*の宮廷に妙な噂《うわさ》があった。毎夜、図書館*の闇の中で、ひそひそと怪しい話し声がするという。王兄シャマシュ・シュム・ウキン*の謀叛《むほん》がバビロンの落城で漸《ようや》く鎮《しず》まったばかりのこととて、何か又、不逞《ふてい》の徒の陰謀ではないかと探って見たが、それらしい様子もない。どうしても何かの精霊どもの話し声に違いない。最近に王の前で処刑されたバビロンからの俘囚《ふしゅう》共の死霊の声だろうという者もあったが、それが本当でないことは誰にも判る。千に余るバビロンの俘囚は悉《ことごと》く舌を抜いて殺され、その舌を集めた所、小さな築山《つきやま》が出来たのは、誰知らぬ者のない事実である。舌の無い死霊に、しゃべれる訳がない。星占や羊肝卜《ようかんぼく》で空しく探索した後、之《これ》はどうしても書物共或《ある》いは文字共の話し声と考えるより外はなくなった。ただ、文字の霊（というものが在るとして）とは如何《いか》なる性質をもつものか、それが皆目《かいもく》判らない。アシュル・バニ・アパル大王は巨眼縮髪の老博士ナブ・アヘ・エリバを召して、此《こ》の未知の精霊に就いての研究を命じ給うた。

その日以来、ナブ・アヘ・エリバ博士は、日毎問題の図書館（それは、其の後二百年にして地下に埋没し、更に後二千三百年にして偶然発掘される運命をもつものであるが）に通って万巻の書に目をさらしつつ研鑽《けんさん》に耽《ふけ》った。両河地方《メソポタミヤ》*では埃及《エジプト》と違って紙草《パピルス》を産しない。人々は、粘土の板に硬筆を以て複雑な楔形《くさびがた》の符号を彫りつけておった。書物は瓦《かわら》であり、図書館は瀬戸物屋の倉庫に似ていた。老博士の卓子《テーブル》（その脚には、本物の獅子《しし》の足が、爪さえ其の儘《まま》に使われている）の上には、毎日、累々たる瓦の山がうずたかく積まれた。其等《それら》重量ある古知識の中から、彼は、文字の霊に就いての説を見出そうとしたが、無駄であった。文字はボルシッパなるナブウ*の神の司《つかさど》り給う所とより外には何事も記されていないのである。文字に霊ありや無しやを、彼は自力で解決せねばならぬ。博士は書物を離れ、唯一つの文字を前に、終日それと睨《にら》めっこをして過した。卜者《ぼくしゃ》は羊の肝臓を凝視することによって凡《すべ》ての事象を直観する。彼も之《これ》に倣《なら》って凝視と静観とによって真実を見出そうとしたのである。その中《うち》に、おかしな事が起った。一つの文字を長く見詰めている中に、何時《いつ》しか其の文字が解体して、意味の無い一つ一つの線の交錯としか見えなくなって来る。単なる線の集りが、何故、そういう音とそういう意味とを有《も》つことが出来るのか、どうしても解らなくなって来る。老儒《ろうじゅ》ナブ・アヘ・エリバは、生れて初めて此の不思議な事実を発見して、驚いた。今迄七十年の間当然と思って看過していたことが、決して当然でも必然でもない。彼は眼から鱗《うろこ》の落ちた思《おもい》がした。単なるバラバラの線に、一定の音と一定の意味とを有たせるものは、何か？　ここ迄思い到った時、老博士は躊躇《ためらい》なく、文字の霊の存在を認めた。魂によって統《す》べられない手・脚・頭・爪・腹等が、人間ではないように、一つの霊が之を統べるのでなくて、どうして単なる線の集合が、音と意味とを有つことが出来ようか。

この発見を手初めに、今迄知られなかった文字の霊の性質が次第に少しずつ判って来た。文字の精霊の数は、地上の事物の数程多い、文字の精は野鼠のように仔《こ》を産んで殖《ふ》える。

ナブ・アヘ・エリバはニネヴェの街中を歩き廻って、最近に文字を覚えた人々をつかまえては、根気よく一々尋ねた。文字を知る以前に比べて、何か変ったような所はないかと。之によって文字の霊の人間に対する作用《はたらき》を明らかにしようというのである。

さて、斯《こ》うして、おかしな統計が出来上った。それに依《よ》れば、文字を覚えてから急に蝨《しらみ》を捕《と》るのが下手になった者、眼に埃《ほこり》が余計はいるようになった者、今迄良く見えた空の鷲《わし》の姿が見えなくなった者、空の色が以前程碧《あお》くなくなったという者などが、圧倒的に多い。「文字ノ精ガ人間ノ眼ヲ喰イアラスコト、猶《なお》、蛆虫《うじむし》ガ胡桃《くるみ》ノ固キ殻ヲ穿《うが》チテ、中ノ実ヲ巧ニ喰イツクスガ如シ」と、ナブ・アヘ・エリバは、新しい粘土の備忘録に誌《しる》した。文字を覚えて以来、咳《せき》が出始めたという者、くしゃみが出るようになって困るという者、しゃっくりが度々《たびたび》出るようになった者、下痢するようになった者なども、かなりの数に上る。「文字ノ精ハ人間ノ鼻・咽喉《のど》・腹等ヲモ犯スモノノ如シ」と、老博士は又誌した。文字を覚えてから、俄《にわ》かに頭髪の薄くなった者もいる。脚の弱くなった者、手足の顫《ふる》えるようになった者、顎《あご》がはずれ易くなった者もいる。しかし、ナブ・アヘ・エリバは最後に斯う書かねばならなかった。「文字ノ害タル、人間ノ頭脳ヲ犯シ、精神ヲ痲痺《まひ》セシムルニ至ッテ、スナワチ極マル。」文字を覚える以前に比べて、職人は腕が鈍《にぶ》り、戦士は臆病になり、猟師は獅子を射損うことが多くなった。之は統計の明らかに示す所である。文字に親しむようになってから、女を抱いても一向楽しゅうなくなったという訴えもあった。もっとも、斯う言出したのは、七十歳を越した老人であるから、之は文字の所為《せい》ではないかも知れぬ。ナブ・アヘ・エリバは斯う考えた。埃及《エジプト》人は、ある物の影を、其の物の魂の一部と見做《みな》しているようだが、文字は、その影のようなものではないのか。

獅子という字は、本物の獅子の影ではないのか。それで、獅子という字を覚えた猟師は、本物の獅子の代りに獅子の影を狙い、女という字を覚えた男は、本物の女の代りに女の影を抱くようになるのではないか。文字の無かった昔、ピル・ナピシュチムの洪水*以前には、歓びも智慧もみんな直接に人間の中にはいって来た。今は、文字の薄被《ヴェイル》をかぶった歓びの影と智慧の影としか、我々は知らない。近頃人々は物憶えが悪くなった。之も文字の精の悪戯《いたずら》である。人々は、最早、書きとめて置かなければ、何一つ憶えることが出来ない。着物を着るようになって、人間の皮膚が弱く醜くなった。乗物が発明されて、人間の脚が弱く醜くなった。文字が普及して、人々の頭は、最早、働かなくなったのである。

ナブ・アヘ・エリバは、或る書物狂の老人を知っている。其の老人は、博学なナブ・アヘ・エリバよりも更に博学である。彼は、スメリヤ語やアラメヤ語*ばかりでなく、紙草《パピルス》や羊皮紙《ようひし》に誌された埃及文字まですらすらと読む。凡《およ》そ文字になった古代のことで、彼の知らぬことはない。彼はツクルチ・ニニブ一世*王の治世第何年目の何月何日の天候まで知っている。しかし、今日の天気は晴か曇か気が付かない。彼は、少女サビツがギルガメシュ*を慰めた言葉をも諳《そら》んじている。しかし、息子をなくした隣人を何と言って慰めてよいか、知らない。彼は、アダッド・ニラリ王*の后《きさき》、サンムラマット*がどんな衣裳《いしょう》を好んだかも知っている。しかし、彼自身が今どんな衣服を着ているか、まるで気が付いていない。何と彼は文字と書物とを愛したであろう！　読み、諳んじ、愛撫《あいぶ》するだけではあきたらず、それを愛するの余りに、彼は、ギルガメシュ伝説の最古版の粘土板を噛砕き、水に溶かして飲んで了《しま》ったことがある。文字の精は彼の眼を容赦なく喰い荒し、彼は、ひどい近眼である。余り眼を近づけて書物ばかり読んでいるので、彼の鷲形の鼻の先は、粘土板と擦れ合って固い胼胝《たこ》が出来ている。文字の精は、又、彼の脊骨《せぼね》をも蝕《むしば》み、彼は、臍《へそ》に顎《あご》のくっつきそうな傴僂《せむし》である。しかし、彼は、恐らく自分が傴僂であることを知らないであろう、傴僂という字なら、彼は、五つの異った国の字で書くことが出来るのだが。ナブ・アヘ・エリバ博士は、此の男を、文字の精霊の犠牲者の第一に数えた。ただ、期《こ》うした外観の惨《みじ》めさにも拘わらず、此の老人は、実に――全く羨ましい程――何時も幸福そうに見える。之が不審といえば、不審だったが、ナブ・アヘ・エリバは、それも文字の霊の媚薬《びやく》の如き奸《かん》猾《かつ》な魔力の所為《せい》と見做した。

偶々《たまたま》アシュル・バニ・アパル大王が病に罹《かか》られた。侍医のアラッド・ナナは、此の病軽からずと見て、大王の御衣裳を借り、自ら之をまとうて、アッシリヤ王に扮した。之によって、死神エレシュキガル*の眼を欺《あざむ》き、病を大王から己の身に転じようというのである。此の古来の医家の常法に対して、青年の一部には、不信の眼を向ける者がある。之は明らかに不合理だ、エレシュキガル神ともあろうものが、あんな子供瞞《だま》しの計に欺かれる筈《はず》があるか、と、彼等は言う。碩学《せきがく》ナブ・アヘ・エリバは之を聞いて厭《いや》な顔をした。青年等の如く、何事にも辻褄《つじつま》を合せたがることの中には、何かしらおかしな所がある。全身垢《あか》まみれの男が、一ヶ所だけ、例えば足の爪先だけ、無闇に美しく飾っているような、そういうおかしな所が。彼等は、神秘の雲の中に於ける人間の地位をわきまえぬのじゃ。老博士は浅薄な合理主義を一種の病と考えた。そして、其の病をはやらせたものは、疑《うたがい》もなく、文字の精霊である。

　或日若い歴史家(或いは宮廷の記録係)のイシュディ・ナブが訪ねて来て老博士に言った。歴史とは何ぞや？と。老博士が呆《あき》れた顔をしているのを見て、若い歴史家は説明を加えた。先頃のバビロン王シャマシュ・シュム・ウキンの最期《さいご》について色々な説がある。自ら火に投じたことだけは確かだが、最後の一月《ひとつき》程の間、絶望の余り、言語に絶した淫蕩《いんとう》の生活を送ったというものもあれば、毎日ひたすら潔斎《けっさい》してシャマシュ神*に祈り続けたというものもある。第一の妃唯一人と共に火に入ったという説もあれば、数百の婢妾《ひしょう》を薪の火に投じてから自分も火に入ったという説もある。何しろ文字通り煙になったこととて、どれが正しいのか一向見当がつかない。近々、大王は其等《それら》の中の一つを選んで、自分にそれを記録するよう命じ給うであろう。これはほんの一例だが、歴史とは之でいいのであろうか。

賢明な老博士が賢明な沈黙を守っているのを見て、若い歴史家は、次の様な形に問を変えた。歴史とは、昔、在った事柄をいうのであろうか？　それとも、粘土板の文字をいうのであろうか？

獅子狩と、獅子狩の浮彫とを混同しているような所が此の問の中にある。博士はそれを感じたが、はっきり口で言えないので、次の様に答えた。歴史とは、昔在った事柄で、且つ粘土板に誌されたものである。この二つは同じことではないか。

書洩《も》らしは？　と歴史家が聞く。

書洩らし？　冗談ではない、書かれなかった事は、無かった事じゃ。芽の出ぬ種子は、結局初めから無かったのじゃわい。歴史とはな、この粘土板のことじゃ。

若い歴史家は情なさそうな顔をして、指し示された瓦を見た。それは此の国最大の歴史家ナブ・シャリム・シュヌ誌《しる》す所のサルゴン王*ハルディア征討行の一枚である。

話しながら博士の吐き棄てた柘榴《ざくろ》の種子が其《そ》の表面に汚らしくくっついている。

ボルシッパなる明智の神ナブゥの召使い給う文字の精霊共の恐しい力を、イシュディ・ナブよ、君はまだ知らぬと見えるな。文字の精共が、一度或る事柄を捉えて、之を己の姿で現すとなると、その事柄は最早、不滅の生命を得るのじゃ。反対に、文字の精の力ある手に触れなかったものは、如何なるものも、その存在を失わねばならぬ。太古以来のアヌ・エンリルの書*に書上げられていない星は、何故に存在せぬか？ それは、彼等がアヌ・エンリルの書に文字として載せられなかったからじゃ。大マルズック星（木星）が天界の牧羊者（オリオン）の境を犯せば神々の怒《いかり》が降《くだ》るのも、月輪の上部に蝕《しょく》が現れればフモオル人が禍《わざわい》を蒙《こうむ》るのも、皆、古書に文字として誌されてあればこそじゃ。古代スメリヤ人が馬という獣を知らなんだのも、彼等の間に馬という字が無かったからじゃ。此の文字の精霊の力程恐ろしいものは無い。君やわしらが、文字を使って書きものをしとるなどと思ったら大間違い。わしらこそ彼等文字の精霊にこき使われる下僕《しもべ》じゃ。しかし、又、彼等精霊の齎《もたら》す害も随分ひどい。わしは今それに就いて研究中だが、君が今、歴史を誌した文字に疑を感じるようになったのも、つまりは、君が文字に親しみ過ぎて、其の霊の毒気に中《あた》ったためであろう。

若い歴史家は妙な顔をして帰って行った。老博士は尚暫《しばら》く、文字の霊の害毒があの有為な青年をも害《そこな》おうとしていることを悲しんだ。文字に親しみ過ぎて却《かえ》って文字に疑を抱くことは、決して矛盾ではない。先日博士は生来の健啖《けんたん》に任せて羊の炙肉《あぶりにく》を殆ど一頭分も平らげたが、その後当分、生きた羊の顔を見るのも厭になったことがある。

青年歴史家が帰ってから暫くして、ふと、ナブ・アヘ・エリバは、薄くなった縮《ちぢ》れっ毛の頭を抑えて考え込んだ。今日は、どうやら、わしは、あの青年に向って、文字の霊の威力を讃美しはせなんだか？　いまいましいことだ、と彼は舌打をした。わし迄が文字の霊にたぶらかされおるわ。

実際、もう大分前から、文字の霊が或る恐しい病を老博士の上に齎《もたら》していたのである。それは彼が文字の霊の存在を確かめるために、一つの字を幾日もじっと睨み暮した時以来のことである。其の時、今迄一定の意味と音とを有《も》っていた筈の字が、忽然《こつぜん》と分解して、単なる直線どもの集りになって了ったことは前に言った通りだが、それ以来、それと同じ様な現象が、文字以外のあらゆるものに就いても起るようになった。彼が一軒の家をじっと見ている中に、その家は、彼の眼と頭の中で、木材と石と煉瓦《れんが》と漆喰《しっくい》との意味もない集合に化けて了う。之がどうして人間の住む所でなければならぬか、判らなくなる。人間の身体を見ても、其の通り。みんな意味の無い奇怪な形をした部分部分に分析されて了う。どうして、こんな恰好《かっこう》をしたものが、人間として通っているのか、まるで理解できなくなる。眼に見えるものばかりではない。人間の日常の営み、凡《すべ》ての習慣が、同じ奇体な分析病のために、全然今迄の意味を失って了った。最早、人間生活の凡ての根柢《こんてい》が疑わしいものに見える。ナブ・アヘ・エリバ博士は気が違いそうになって来た。文字の霊の研究を之以上続けては、しまいに其の霊のために生命をとられて了うぞと思った。彼は怖くなって、早々に研究報告を纏《まと》め上げ、之をアシュル・バニ・アパル大王に献じた。但し、中に、若干の政治的意見を加えたことは勿論である。武の国アッシリヤは、今や、見えざる文字の精霊のために、全く蝕《むしば》まれて了った。しかも、之に気付いている者は殆《ほとん》ど無い。今にして文字への盲目的崇拝を改めずんば、後に臍《ほぞ》を噬《か》むとも及ばぬであろう云々。

文字の霊が、此の讒謗者《ざんぼうしゃ》をただで置く訳が無い。ナブ・アヘ・エリバの報告は、いたく大王の御機嫌を損じた。ナブゥ神の熱烈な讃仰者《さんぎょうしゃ》で当時第一流の文化人たる大王にして見れば、之は当然のことである。老博士は即日謹慎を命ぜられた。大王の幼時からの師傅《しふ》たるナブ・アヘ・エリバでなかったら、恐らく、生きながらの皮剝《かわはぎ》に処せられたであろう。思わぬ御不興に愕然《がくぜん》とした博士は、直ちに、之が奸譎《かんけつ》な文字の霊の復讐であることを悟った。

しかし、まだ之だけではなかった。数日後ニネヴェ・アルベラ*の地方を襲った大地震の時、博士は、たまたま自家の書庫の中にいた。彼の家は古かったので、壁が崩れ書架が倒れた。夥《おびただ》しい書籍が——数百枚の重い粘土板が、文字共の凄まじい呪《のろい》の声と共に此の讒謗者の上に落ちかかり、彼は無慙《むざん》にも圧死した。

牛《ぎゅう》人《じん》

魯《ろ》*の叔孫豹《しゅくそんひょう》*がまだ若かった頃、乱を避けて一時斉《せい》*に奔《はし》ったことがある。途《みち》に魯の北境庚宗《こうそう》の地で一美婦を見た。俄《にわ》かに懇《ねんご》ろとなり、一夜を共に過して、さて翌朝別れて斉に入った。斉に落着き大夫国氏《こくし》の娘を娶《めと》って二児を挙げるに及んで、曾《かつ》ての路傍一夜の契《ちぎり》などはすっかり忘れ果てて了《しま》った。

或《ある》夜、夢を見た。四辺《あたり》の空気が重苦しく立罩《たちこ》め不吉な予感が静かな部屋の中を領している。突然、音も無く室《へや》の天井が下降し始める。極めて徐々に、しかし極めて確実に、それは少しずつ降りて来る。一刻毎に部屋の空気が濃く淀《よど》み、呼吸が困難になってくる。逃げようともがくのだが、身体は寝床の上に仰向いた儘《まま》どうしても動けない。見える筈はないのに、天井の上を真黒な天が磐石《ばんじゃく》の重さで押しつけているのが、はっきり判る。愈々《いよいよ》天井が近づき、堪え難い重みが胸を圧した時、ふと横を見ると、一人の男が立っている。恐ろしく色の黒い傴僂《せむし》で、眼が深く凹み、獣の様に突出た口をしている。全体が、真黒な牛に良く似た感じである。牛《ぎゅう》！　余《われ》を助けよ、と思わず救《すくい》を求めると、其《そ》の黒い男が手を差伸べて、上からのし掛かる無限の重みを支えて呉《く》れる。

それからもう一方の手で胸の上を軽く撫でて呉れると、急に今迄の圧迫感が失《なくな》って了った。ああ、良かった、と思わず口に出した時、目が醒めた。

翌朝、従者下僕等を集めて一々検《しら》べて見たが、夢の中の牛男《うしおとこ》に似た者は誰もいない。其の後も斉の都に出入する人々に就いて、それとなく気を付けて見るが、それらしい人相の男には絶えて出会わない。

数年後、再び故国に政変が起り、叔孫豹は家族を斉に残して急遽《きゅうきょ》帰国した。後、大夫として魯の朝に立つに及んで、始めて妻子を呼ぼうとしたが、妻は既に斉の大夫某と通じていて、一向夫の許に来ようとはしない。結局、二子孟丙《もうへい》・仲壬《ちゅうじん》だけが父の所へ来た。

或朝、一人の女が雉《きじ》を手土産に訪ねて来た。始め叔孫の方ではすっかり見忘れていたが、話して行く中《うち》に直ぐ判った。十数年前斉へ逃れる道すがら庚宗の地で契った女である。独りかと尋ねると、倅《せがれ》を連れて来ているという。しかも、あの時の叔孫の子だというのだ。兎《と》に角《かく》、前に連れて来させると、叔孫はアッと声に出した。色の黒い・眼の凹んだ・傴僂なのだ。夢の中で己を助けた黒い牛男《うしおとこ》にそっくりである。思わず口の中で「牛！」と言って了った。すると其の黒い少年が驚いた顔をして返辞《へんじ》をする。叔孫は一層驚いて、少年の名を問えば、「牛《ぎゅう》と申します」と答えた。

母子共に即刻引取られ、少年は豎《じゅ》(小姓)の一人に加えられた。それ故、長じて後も此《こ》の牛に似た男は豎牛《じゅぎゅう》と呼ばれるのである。容貌に似合わず小才の利く男で、頗《すこぶ》る役には立つが、何時も陰鬱な顔をして少年仲間の戯れにも加わらぬ。主人以外の者には笑顔一つ見せない。叔孫にはひどく可愛がられ、長じては叔孫家の家政一切の切廻しをするようになった。

眼の凹んだ・口の突出た・黒い顔は、極く偶《たま》に笑うとひどく滑稽な愛嬌に富んだものに見える。こんな剽軽《ひょうきん》な顔付《かおつき》の男に悪企《わるだくみ》など出来そうもないという印象を与える。目上の者に見せるのは此の顔だ。仏頂面をして考え込む時の顔は、一寸《ちょっと》人間離れのした奇怪な残忍さを呈する。儕輩《さいはい》の誰彼が恐れるのは此の顔だ。意識しないでも自然に此の二つの顔の使い分けが出来るらしい。

叔孫豹の信任は無限であったが、後嗣《こうし》に直そうとは思っていない。秘書乃至《ないし》執事としては無類と考えていたが、魯の名家の当主とは、其の人品からしても一寸考えにくいのである。豎牛も勿論それは心得ている。叔孫の息子達、殊に斉から迎えられた孟丙・仲壬の二人に向っては、常に慇懃《いんぎん》を極めた態度をとっている。彼等の方では、幾分の不気味さと多分の軽蔑とを此の男に感じているだけだ。父の寵《ちょう》の厚いのに大して嫉妬を覚えないのは、人柄の相違というものに自信をもっているからであろう。

魯の襄公《じょうこう》が死んで若い昭公の代となる頃から、叔孫の健康が衰え始めた。丘蕕《きゅうゆう》という所へ狩に行った帰りに悪《お》寒《かん》を覚えて寝付いてからは、漸《ようや》く足腰が立たなくなって来る。病中の身の廻りの世話から、病床よりの命令の伝達に至る迄、一切は豎牛《じゅぎゅう》一人に任せられることになった。豎牛の孟丙《もうへい》等に対する態度は、しかし、愈々遜《へりくだ》ってくる一方である。

叔孫《しゅくそん》が寝付く以前に、長子の孟丙の為に鐘を鋳《ちゅう》させることに決め、其の時に言った。お前はまだ此の国の諸大夫と近附《ちかづき》になっていないから、此の鐘が出来上ったら、其の祝を兼ねて諸大夫を饗応するが宜《よ》かろうと。明らかに孟丙を相続者と決めての話である。叔孫が病に臥してから、漸く鐘が出来上った。孟丙は、かねて話のあった宴会の日《ひ》取《どり》の都合を父に聞こうとして、豎牛に其の旨を通じて貰った。特別の事情が無い限り、豎牛の外は誰一人病室に出入出来なかったのである。豎牛は孟丙の頼《たのみ》を受けて病室に入ったが、叔孫には何事も取次がない。直ぐ外へ出て来て孟丙に向い、主君の言葉として出《で》鱈目《たらめ》な日にちを指定する。指定された日に孟丙は賓客を招き盛んに饗応して、其の座で始めて新しい鐘を打った。病室で其の音を聞いた叔孫が怪しんで、あれは何だと聞く。孟丙の家で鐘の完成を祝う宴が催され多数の客が来ている旨を、豎牛が答える。俺の許《ゆるし》も得ないで勝手に相続人面《づら》をするとは何事だ、と病人が顔色を変える。それに、客の中には斉にいる孟丙殿の母上の関係の方々も遥々《はるばる》見えている様です、と豎牛が附加える。不義を働いた曾ての妻の話を持出すと何時《いつ》も叔孫の機嫌が見る見る悪くなることを、良く承知しているのだ。病人は怒って立上ろうとするが、豎牛に抱きとめられる。身体に障ってはいけないというのである。俺が此の病でてっきり死ぬものと決めて掛かって、もう勝手な真似を始めたのだなと歯咬《はが》みをしながら、叔孫は豎牛に命ずる。構わぬ。引捕えて牢《ろう》に入れろ。抵抗するようなら打殺しても宜《よ》い。

宴が終り、若い叔孫家の後嗣は快く諸賓客を送り出したが、翌朝は既に屍体となって家の裏藪に棄てられていた。

孟丙の弟仲壬《ちゅうじん》は昭公の近侍某と親しくしていたが、一日友を公宮の中に訪ねた時、偶々《たまたま》公の目に留《とま》った。二言《ふたこと》三言《こと》、その下問に答えている中に、気に入られたと見え、帰りには親しく玉環《ぎょくかん》を賜った。大人しい青年で、親にも告げずに身に佩《お》びては悪かろうと、豎牛《じゅぎゅう》を通じて病父に其の名誉の事情を告げ玉環をみせようとした。牛《ぎゅう》は玉環を受取って内に入ったが、叔孫には示さない。仲壬が来たということさえ話さぬ。再び外に出て来て言った。父上には大変御喜びで直ぐにも身に着ける様にとのことでした、と。仲壬はそこで始めてそれを身に佩びた。数日後、豎牛が叔孫に勧める。既に孟丙が亡《な》い以上、仲壬を後嗣に立てることは決っている故、今から主君昭公に御目通りさせては如何。叔孫がいう。いや、まだそれと決めた訳ではないから、今からそんな必要はない。しかし、と牛が言葉を返す。父上の思召《おぼしめし》はどうあろうと、息子の方では勝手にそう決め込んで、最早直接君公に御目通りしていますよ。そんな莫迦《ばか》な事がある筈は無いという叔孫に、それでも近頃仲壬が君公から拝領したという玉環を佩びていることは確かですと牛が請《う》け合う。早速仲壬が呼ばれる。果して玉環を佩びている。公からの戴きものだと云う。父は利かぬ身体を床の上に起して怒った。息子の弁解は何一つ聞かれず、直ぐに其の場を退いて謹慎せよという。

其の夜、仲壬《ちゅうじん》はひそかに斉に奔った。

病が次第に篤くなり、焦眉《しょうび》の問題として真剣に後嗣のことを考えねばならなくなった時、叔孫豹は矢《や》張《はり》仲壬を呼ぼうと思った。豎牛《じゅぎゅう》にそれを命ずる。命を受けて出ては行ったが、勿論斉にいる仲壬に使《つかい》を出しはしない。早速仲壬の許へ使を遣わしたが非道なる父の所へは二度と戻らぬという返辞だったと復命する。此の頃になって漸く叔孫にも、此の近臣に対する疑いが湧いて来た。汝の言葉は真実か？と屹《きっ》として聞き返したのは其の為である。どうして私が偽《いつわり》など申しましょう、と答える豎牛の脣《くちびる》の端が、其の時嘲《あざけ》るように歪《ゆが》んだのを病人は見た。こんな事は此の男が邸に来てから全く始めてであった。カッとして病人は起上ろうとしたが、力が無い。直ぐ打倒れる。其の姿を、上から、黒い牛の様な顔が、今度こそ明瞭な侮蔑を浮かべて、冷然と見下す。儕輩《せいはい》や部下にしか見せなかったあの残忍な顔である。家人や他の近臣を呼ぼうにも、今迄の習慣で此の男の手を経ないでは誰一人呼べないことになっている。其の夜病大夫は殺した孟丙のことを思って口惜し泣きに泣いた。

次の日から残酷な所作が始まる。病人が人に接するのを嫌うからとて、食事は膳部《ぜんぶ》の者が次室迄運んで置き、それを豎牛が病者の枕頭《ちんとう》に持って来るのが慣わしであったのを、今や此の侍者が病人に食を進めなくなったのである。差出される食事は悉《ことごと》く自分が喰って了い、からだけを又出して置く。膳部の者は叔孫が喰《た》べたことと思っている。病人が餓《うえ》を訴えても、牛男《うしおとこ》は黙って冷笑するばかり。返辞さえ最早しなくなった。誰に助《たすけ》を求めようにも、叔孫には絶えて手段が無いのである。

偶々此の家の宰《さい》たる杜洩《とせつ》が見舞に来た。病人は杜洩に向って豎牛の仕打を訴えるが、日頃の信任を承知している杜洩は冗談と考えててんで取合わない。叔孫が尚も余り真剣に訴えると、今度は病熱のため心神が錯乱したのではないかと、いぶかる風である。豎牛も亦《また》横から杜洩に目配《めくばせ》して、頭の惑乱した病者にはつくづく困り果てたという表情を見せる。しまいに、病人はいら立って涙を流しながら、痩せ衰えた手で傍の剣を指し、杜洩に「之であの男を殺せ。殺せ、早く！」と叫ぶ。どうしても自分が狂者としてしか扱われないことを知ると、叔孫は衰え切った身体を顫《ふる》わせて号泣する。杜洩は牛《ぎゅう》と目を見合せ、眉をしかめながら、そっと室を出る。客が去ってから始めて、牛男の顔に会体の知れぬ笑が微かに浮かぶ。

餓と疲れの中に泣きながら、何時か病人はうとうととして夢を見た。いや、眠ったのではなく、幻覚を見ただけかも知れぬ。重苦しく淀んだ・不吉な予感に充ちた部屋の空気の中に、ただ一つ灯が音も無く燃えている。輝きの無い・いやに白っぽい光である。じっとそれを見ている中に、ひどく遠方に——十里も二十里も彼方にあるもののように感じられて来る。寝ている真上の天井が、何時かの夢の時と同じ様に、徐々に下降を始める。ゆっくりと、併《しか》し確実に、上からの圧迫は加わる。逃れようにも足一つ動かせない。傍を見ると黒い牛男が立っている。救を求めても、今度は手を伸べて呉れない。黙ってつッ立った儘にやりと笑う。絶望的な哀願をもう一度繰返すと、急に、慍《おこ》ったような固い表情に変り、眉一つ動かさずに凝乎《じっ》と見下す。今や胸の真上に蔽《おお》いかぶさって来る真黒な重みに、最後の悲鳴を挙げた途端に、正気に返った。……何時か夜に入ったと見え、暗い部屋の隅に白っぽい灯が一つともっている。今迄夢の中で見ていたのは矢張この灯だったのかも知れない。傍を見上げると、これ又夢の中とそっくりな豎牛《じゅぎゅう》の顔が、人間離れのした冷酷さを湛《たた》えて、静かに見下している。其の貌《かお》は最早人間ではなく、真黒な原始の混沌に根を生やした一個の物のように思われる。叔孫は骨の髄まで凍る思いがした。己を殺そうとする一人の男に対する恐怖ではない。寧《むし》ろ、世界のきびしい悪意といった様なものへの、遜《へりくだ》った懼《おそ》れに近い。最早先刻迄の怒《いかり》は運命的な畏怖感に圧倒されて了った。今は此の男に刃《は》向《むか》おうとする気力も失《う》せたのである。

三日の後、魯の名大夫、叔孫豹は餓えて死んだ。

斗《と》南《なん》先生

一

雲海蒼茫《そうぼう》　佐渡ノ洲《しゅう》
郎*ヲ思ウテ　一日三秋*ノ愁
四十九里　風波悪シ
渡ラント欲スレド　妾*ガ身自由ナラズ

ははあ、来いとゆたとて行かりょか佐渡へ、だな、と思った。題を見ると、戯翻竹枝《ぎほんちくし》*とある。

それは彼の伯父《おじ》*の詩文集*であった。伯父は一昨年《おととし》（昭和五年）の夏死んだ。その遺稿が纏《まと》められて、此《こ》の春、文求堂から上梓《じょうし》されたのである。清末の碩儒《せきじゅ》で、今は満洲国にいる羅振玉《らしんぎょく》氏*が其《そ》の序文を書いている。その序に云う。

「予往歳滬《コ》江《コウ》（上海《しゃんはい》のこと）ニ寓居《ぐうきょ》ス。先後十年間、東邦ノ賢豪長者*、道ニ滬上ニ出ヅルモノ、*縞紵《コウチョ》ノ歓ヲ聯《ツラ》ネ*ザルハナシ。一日昧爽《まいそう》*、櫛沐《しつもく》ニ方《アタ》リ、打門ノ声甚ダ急ナルヲ聞キ、楼欄ニ凭《よ》ッテ之《これ》ヲ観ルニ、客アリ。清癯《せいく》鶴ノ如シ。戸ニ当リテ立ツ。スミヤカニ倒屣《トウシ》*シテ之ヲ迎フ。既ニシテ門ニ入リ名刺ヲ出ダス。日本男子中島端《たん》ト書ス。懐中ノ楮墨《ちょぼく》ヲ探リテ予ト筆談ス。東亜ノ情勢ヲ指陳《しちん》シテ、傾刻十余紙ヲ尽ス。予洒然《さいぜん》トシテ之ヲ敬ス。行クニノゾンデ、継イデ見ンコトヲ約シ、ソノ館舎ヲ詢《ト》ヘバ、豊陽館*ナリトイフ。翌日往イテ之ヲ訪ヘバ、則チ已《すで》ニ行ケリ矣。………」

これは又恐ろしく時代離れのした世界である。が、「日本男子云々」の名刺といい、「打門ノ声甚ダ急」といい、「清癯鶴ノ如シ」といい、「翌日訪ねると、もう何処《どこ》かへ行って了《しま》っていた」といい、生前の伯父を知っている者には、如何にも其の風貌《ふうぼう》を彷《ほう》彿《ふつ》させる描写なのだ。三造は之を読みながら、微笑せずにはいられなかった。彼は、此《こ》の書物を、大学と高等学校の図書館へ納めに行くように、家人から頼まれていた。けれども、自分の伯父の著書を——それも全然無名の一漢詩客に過ぎなかった伯父の詩文集を、堂々と図書館へ持込むことについて、多分の恥ずかしさを覚えないわけに行かなかった。三造は躊躇《ちゅうちょ》を重ねて、容易に持って行かなかった。そして、毎日机の上でひろげては繰返して眺めていた。読んで行く中《うち》に、狷介《けんかい》にして善《よ》く罵《ののし》り、人をゆるすことを知らなかった伯父の姿が鮮やかに浮かんで来るのである。羅振玉氏の序文には又云う。

「聞ク、君潔癖アリ。終身婦人ヲ近ヅケズ。遺命ニ、吾レ死スルノ後、速ヤカニ火化*ヲ行ヒ骨灰ヲ太平洋ニ散ゼヨ。マサニ鬼雄《きゅう》*トナッテ、異日兵ヲ以テ吾ガ国ニ臨ムモノアラバ、神風トナッテ之ヲ禦《フセ》グベシト。家人謹シンデ、ソノ言ニ遵《シタガ》フ。………」

これは凡《すべ》て事実であった。伯父の骨は、親戚《しんせき》の一人が汽船の上から、遺命通り、熊野《くまの》灘《なだ》に投じたのである。伯父は、そうして鯱《さかまた》か何かになってアメリカの軍艦を喰べて了うつもりであったのである。

他人に在っては気障《きざ》や滑稽《こっけい》に見える此のような事が、（この様な遺言や、その他、数々の奇行奇言などが）あとで考えて見れば滑稽ではあっても、伯父と面接している場合には、極めて似付かわしくさえ見えるような、そのような老人で伯父はあった。それでも、高等学校の時分、三造には、此の伯父の斯《こ》うした時代離れのした厳格さが、甚《はなは》だ気障な厭味《いやみ》なものに見えた。伯父が、自分の魂の底から、少しも己《おのれ》を欺《あざむ》くことなしに、それを正しいと信じて其の様な言行をしているとは、到底彼には信じられなかったのである。其処《そこ》に、彼と伯父との間に、どうにもならない溝があった。事実彼と伯父との間には丁度《ちょうど》半世紀の年齢の隔たりがあった。死んだ時、伯父は七十二で、三造は其の時二十二であった。

親戚の多くが、三造の気質を伯父に似ていると云った。殊に年上の従姉《いとこ》の一人は、彼が年をとって伯父の様にならなければいいが、と、口癖のように云っていた。其の言葉が部分的には当っていることを、三造も認めないわけには行かなかった。そして、それだけ、彼には、伯父の落著《おちつき》のない性行が――それが自分に最も多く伝わっているらしい所の――苦々しく思われるのであった。其の伯父の直《す》ぐ下の弟――つまり三造にとっては斉《ひと》しく伯父であるが――の、極端に何も求むる所のない、落著いた学究的態度の方が、彼には遥かに好もしくうつった。その二番目の伯父は、そのようにして古代文字などを研究しながら、別にその研究の結果を世に問おうとするでもなく、東京の真中に居ながら、髪を牛若丸のように結《ゆ》い、二尺近くも白髯《はくぜん》を貯えて隠者のように暮していた。その「お髯《ひげ》の伯父」*（甥《おい》達はそう呼んでいた。）の物静かさに対して、上の伯父の狂躁性を帯びた峻厳《しゅんげん》が、彼には、大人げなく見えたのである。似ていると云われる度《たび》に彼は、いつも、いやな思いをしていた。伯父は幼時から非常な秀才であったという。六歳にして書を読み、十三歳にして漢詩漢文を能《よ》くしたというから儒学的な俊才であったには違いない。にもかかわらず、一生、何らのまとまった仕事もせず、志を得ないで、世を罵り人を罵りながら死んで行ったのである。前の遺稿の序文にもあったように、伯父は妻をめとらなかった。それが何に原因するものであるかを三造は知らない。伯父は又常に、三造には無目的としか思えないような旅行を繰返していた。支那《しな》*には長く渡っていた。それは伯父自身が云う如く、国事を憂えて、というよりも、単に、そのロマンティシズムにエグゾティシズムにそそられたためと云った方がいいのではないかと、高等学校時代の三造は考えていた。この彷浪者《ほうろうしゃ》魂は彼の一生に絶えずつきまとっていたように見える。三造の知っているかぎり伯父は常に居をかえたり旅行したりしていたようであった。この彷徨《ほうこう》を好む気質が自分にも甚だ多く伝わっていることを、三造は時々強く感じなければならなかった。ただ、伯父の生活の経済的方面は久しく彼の謎であった。伯父はかつて、「支那分割の運命」*なる本を出したことがあった。が、そんな売れない本から印税がはいる筈はなかった。大分後になって、(それは伯父の晩年になってからのことであるが、)伯父は経済的には殆《ほとん》ど全部他人の——友人や弟達や弟子達の——援助を受けていることが分った時、三造は、先ず、この点に向って、心の中で伯父を非難した。自分で一人前の生活もできないのに、徒《いたず》らに人を罵るなぞは、あまり感心できないと、彼は考えたのである。あとから考えると、これらの非難は多く、自己に類似した精神の型に対する彼自身の反射的反撥《はんぱつ》から生れたもののようでもあった。とにかく、彼は、自分がそれに似ているといわれる此《こ》の伯父の精神的特徴の一つ一つに向って、一々意地の悪い批判の眼を向けようとしていた。それは確かに一種の自己嫌悪であった。高等学校時代の或る時期の彼の努力は、この伯父の精神と彼自身の精神とに共通するいくつかの厭《いと》うべき特質を克服することに注がれていた。その彼の意図は不当ではなかったにも拘《かか》わらず、なお、当時の彼の、伯父に対する見方は、不充分でもあり、又、誤ってもいたようである。即ち、伯父の奇矯《ききょう》な言動は、それが青年の三造にとって滑稽であり、いやみであると同じ程度に、彼よりも半世紀前に生れた伯父自身にとっては、極めて自然であり、純粋なものであるということが、彼には全身的に理解できなかったのである。伯父は、いってみれば、昔風の漢学者気質と、狂熱的な国士気質との混淆《こんこう》した精神――東洋からも次第にその影を消して行こうとする斯《こ》ういう型の、彼の知る限りでは其の最も純粋な最後の人達の一人なのであった。このことが、その頃の彼には、概念的にしか、つまり半分しか呑《の》みこめなかったのである。

二

その年の二月、高等学校の記念祭の頃、本郷《ほんごう》の彼の下宿へ、伯父《おじ》から葉書が来た。利根川《とねがわ》べりの田舎からであった。当分ここにいるから、土曜から日曜へかけてでも、将棋を差しに来ないか。雞《とり》位なら御馳走するから、というのである。それは、三造の高等学校を卒業する年で、丁度その少し前に、彼は、学校で蹴球《しゅうきゅう》（アソシエーション）をしていて、顔を蹴《け》られ、顔中繃帯《ほうたい》をして病院へ通っていたのであった。実際間の抜けた話ではあるが、上から落ちてくる球をヘッディングしようとして、一寸《ちょっと》頭をさげた途端に、その同じ球を狙《ねら》った足に、下から眼のあたりをしたたか蹴られたのである。眼鏡の硝子《ガラス》は微塵《みじん》に砕けて、瞬間はっとつぶった彼の眼の裏には赤黒い渦《うず》のような影像がはげしく廻転《かいてん》した。やられた！と思って、動かすと目の中が切れるかもしれないとは考えながら、でも、一寸試す気で細目に瞼《まぶた》をあけようとすると、血がべったりと塞《ふさ》いでいて、少し動くとぽたりと地面に垂れた。それから二人の友人にかかえられて直ぐに大学病院へ行った。硝子で眼のまわりが切れただけで、幸いに眼の中には破片ははいっていなかったので、傷痕《きずあと》を縫って貰ったあと二週間も通えばよかった。しかし、そんな際だったので、丁度それを良い口実にして、「怪我《けが》をしていて残念ながら行けない」旨《むね》を返事したのであった。彼は伯父を前にすると、自分の老いた時の姿を目の前にみせつけられるような気がして、伯父の仕草の一つ一つに嫌悪を感ずるばかりでなく、時々破裂する伯父の疳癪《かんしゃく》（その故に伯父はやかまの伯父と、甥《おい》や姪《めい》達から呼ばれていた。）にも、慣れているとはいえ、多少恐れをなしていた。その上その将棋というのが、彼よりも一枚半も強いくせに、弱いものを相手にしていじめるのを楽しむといった風で、何時《いつ》までたっても止《や》めようとは云い出さないのであるから、之《これ》にも些《いささ》か辟易《へきえき》せざるを得なかったのである。彼のその返事に折り返して来た伯父の葉書には、災難は何時降ってくるか分らず、人は常にそれに対して、何時遭遇しても動ぜぬだけの心構えを養って置くことが必要である、といった意味のことが認《したた》められていた。そしてそれきりで彼は一月あまり伯父のことを忘れていた。所が三月の中頃近くなって、又ひょっこり、乱暴に美しく書きなぐった伯父の葉書が舞いこんできた。近い中にお前の所へ行きたいが、都合は良いか、というのである。大学の入学試験が四五日中にすむので、その後の方が都合がよいのですが、と彼は返事を書いた。所が、それから三日ほどして、入学試験の中《なか》の日に、その日の試験をすまして、下宿で机に向っていると、襖《ふすま》をあける女中の声と共に、後から、古風な大きいバスケットを提《さ》げた伯父がはいって来た。これから山へ行くのだと伯父はいきなり云った。彼には一向話が分らなかった。恐らく、伯父はすでに事の次第を前以て彼に向けて手紙で知らせてあるという風に勘違いしていたに違いない。よく聞くと相州の大山《おおやま》*に籠《こも》るのだという。大山の神主某の所へ行って、暫《しばら》く病を養うのだという。伯父はその二三年前から時々腸出血などをしていた。それを七十を越した伯父は、気力一つで医者にもかからずに持ちこたえていたのである。その出血が近頃ますます烈《はげ》しいという。そんなに弱っている身体が、何かにつけて不自由な山などへ籠っては、ますます不可《いけ》ないことは明らかなのであるが、それを言うと、どんなに機嫌を悪くするか分らないようなその頃の伯父であったので、三造も黙っているより外はなかった。それに荷物はもう、先へ向けて送ってあるのだと伯父は云っていた。暫く、そのことを話している中に、伯父は、三造の右の眼の縁に残っている傷痕をみつけて、やっと彼の怪我《けが》のことを思い出したらしく、その工合《ぐあい》をたずねた。と、それに対する彼の答をろくに聞きもしないで、「これから床屋へ行って来る。今、道で見てきたから場所は分っている。」と言い出した。見ると成程《なるほど》、髯が——みんな白が黄に染まっているのだが——ひどく伸びている。頭髪はそれほど薄くはなく、殊に両耳の上のあたりは可成《かなり》長く伸びて乱れている。長寿の印しといわれる、長くぴんと突き出た眉《まゆ》の下に、大きい眼がくぼんでいる。三造はその眼を前から美しいと思っていた。この伯父と、それから、そのすぐ下の伯父——その牛若丸のような髪を結った隠者のようなお髯の伯父と、この二人の老人の眼は、それぞれに違った趣をもってはいるが、共に童貞にだけしか見られない浄《きよ》らかさを持って、いつも美しく澄んでいるのである。一つは、いつも実現されない夢を見ている人間の眼で、それからもう一つは、すっかりおちつき切って自然の一部になって了ったような人間の眼である。この二人の伯父を並べて見る度に、三造はバルザック*の「従兄《いとこ》ポンス」を思い出す。勿論、上の伯父はポンスよりも気性が烈しく、下の伯父はシュムケよりも更に東洋的な諦観をより多くもち合せているのではあるけれども。

伯父はそそくさところがるようにして階段を下りて行った。ついて行くと、伯父はもう下宿の下駄をつっかけて出て了ったあとで、帳場で主婦《かみ》さんと女中が笑っていた。

一時間程して帰って来た伯父はすっかり綺麗《きれい》になっていた。着物の前は合っていなかったけれども、袴《はかま》はキチンと結ばれ、とおった鼻筋とはっきり見ひらかれた眼とは彼を上品な老人に見せている。顔の肌も洗われたばかりで、老人らしい汚点《しみ》もなく黄色く光って見える。二人はまた火鉢の側に坐りこんで、暫く話をした。彼等の親戚達の噂話《うわさばなし》。その頃支那からやって来た天才的な少年棋士のこと。新聞将棋のこと。日本の漢詩人のこと。支那の政局のこと。その中に何かの拍子で共産主義のことが出た時、伯父は、資本論*の原本をその中に誰かに借りて来てくれ、と言い出した。又始まったなと彼は思った。このような実行力を伴わない東洋壮士的豪語*がいつも彼を腹立たせるのである。なに、マルクスが正しい独乙語《ドイツ》さえ書いていれば俺にだって分るさ、と、彼の顔色を見たのか、伯父はそんなことまで附け加えた。彼は伯父が早く此の話を切上げてくれるように、と念じながら、黙って火箸《ひばし》で灰に字を書いているより外はなかった。その中に突然伯父は、急に気が付いたような様子で「傘を買って来てくれ。」と言う。降っているんですか、と聞きながら障子をあけて外を見ようとすると、今は降ってはいないけれども、とにかく要るものだからと伯父は言った。そうして蟇口《がまぐち》から五十銭銀貨を一枚出して、何処とかで、五十銭の蛇《じゃ》の目《め》を見たから、そういうのを一本買って来て貰いたいと云って、変な顔をしている三造にそれを渡すのであった。三造は女中を呼び、自分の財布から、そっと五十銭銀貨二枚を出して、それに附加え、買って来るように頼んだ。女中はすぐに表へ出て行ったが、やがて細目の紺《こん》の蛇の目を持って帰って来た。伯父はそれを、いきなり狭い四畳半で拡げて見て、成程、東京は近頃物が安いと言った。

間もなく伯父は、もう大山へ行くのだと言い出した。何時の汽車ですと、あやうく聞こうとした彼は、伯父が決して汽車の時間を調べない人間だったことを、ひょいと思い出した。伯父は、どんな大旅行をする時でも、時計など持ったことがないのである。

彼は東京駅迄送るつもりで、制服に着換え始めた。伯父はそれが待ちきれないで、例の大きなバスケットを提げて部屋の外へ出ると、急いで階段を下りて行った。と、先刻《さっき》の蛇の目を忘れたことに気がついたらしく、階下《した》から「三造さん。傘！　傘！」と大きな声がした。彼は面喰《めんくら》った。いまだ嘗《か》つて伯父は彼の事を「さん」づけにして呼んだことはなかった筈である。いつも三造、三造の呼棄《よびすて》であった。彼は、その伯父の呼方の変化に、伯父の気力の衰えを見たというよりは、何かしら伯父の精神状態が異常になっているのではないかというような不安が感じられて、ギョッとしながら、傘をもって階段を下りて行った。

　表へ出ると伯父は円タクを呼んだ。どうせ文求堂に置いてある荷物を持って行くのだからと伯父は言いわけのような調子で言った。支那風の扉をつけた文求堂の裏口で車を停めると、中から店の人が、がんじがらめにした行李《こうり》を一つ車の中へ運んでくれた。

　車が東京駅に近づいた頃、伯父は彼に向って何か早口で言った。――伯父は非常に聴き取りにくい早弁で、おまけに、それを聞き返されるのが大嫌いであった。――その時も三造は、伯父の言ったことがよくわからなかったので聞えないという風をして伯父の顔を見返した。伯父はいらだたしそうに、今度は、右手は人差指一本、左手は人差指と中指をそろえて、あげて見せた。此《こ》の禅問答のような仕草は、三造にはますます何のことやら分らなかったけれど、とにかく無意味にうなずいて見せた。伯父はやっと気がすんだような顔をして硝子窓の外に眼を外らせた。駅について助手に荷物を運ばせている時、ふと三造は、伯父が運転手に何も聞かずに一円二十銭——たしかに、それは一円二十銭——払っているのを見た。三造は驚いた。（昭和五年当時、円タクは市内五十銭に決っていたものだ。）やっと、さっきの指の意味が分った。右の一本は一円——円タクというからには一円にきまっていると伯父は考えたのだ——で、左の二本は二十銭だったのである。彼も今更とめるわけにも行かず微笑《わら》いながら伯父の動作を眺めていた。三造などに聞かなくとも、此の大都会の交通機関の習慣位は、ちゃんと心得ているぞと言った風な、いかにも満足げに見える伯父の顔つきを。恐らく、伯父は、割増一人毎に二十銭と書いてあるのを何処かで見たのでもあろうか。

それから一月程たって、大山から手紙が来た。身体の工合が益々よくないこと、一日に何回も腸出血があると言うことなどが認《したた》められていた。が、「瀕死《ひんし》」とか「死期が近づいた」とか言う字句が彼に何か実感の伴わないものを感じさせると同時に、却《かえ》ってそういうことを言う伯父の病態に楽観的な気持を抱かせたし、又、宿のものの待遇の悪さをしきりに罵《ののし》っているその手紙の口調からしても、伯父の元気の衰えてはいないらしいことが察せられたので、彼はその報知を大して気にもかけなかったのである。所が更にそれから半月程して、今度は葉書で、簡単に、山では病が養えないから大阪へ——大阪には彼の従姉が（伯父からいえば姪だが）いた——行きたいのだが、今では身体が殆《ほと》んど利《き》かないから、大阪まで送って貰いたい、老人の最後の頼みだと思って、是非すぐに大山に迎えに来てほしい、と書かれたのを受取った時、彼は全く当惑した。一体、そのような病人を大阪まで運んでいいものかどうか。それに、どうしてまあ、伯父は大阪へなど行く気になったものか。成程その大阪の従姉は子供の時から伯父には色々と世話になったのであるし、又従姉自身、人の面倒を見るのが好きな性質ではあるが、何といってもそれは、従姉の夫の家ではないか。おまけに、その姪の夫を伯父は常々、馬鹿だ（ということは、つまり此の場合漢学の素養がないと言うことになるのであるが）云い云いしていたのである。その男の所へ行こうなどと言い出す。これは少し変だぞと三造は考えた。前の手紙には驚かなかった彼も、此の叔父の大阪行の決心の中に、伯父の病気の重態さの動かすことのできない証拠を見たように思って、少からずあわてたのである。が、それにしても、とにかく大阪まで行かせることは何としてもいけないと思った。病気を養うのならば、何も大阪まで行かなくとも、自分の弟が——三造にとってはやはりこれも伯父だが——洗足《せんぞく》にいるのである。三造はすぐにその葉書をもって洗足へ出かけた。洗足の伯父*も彼と同意見であった。自分の家へ来るように勧めるために、その伯父は翌朝大山へ行った。が、午後になって手を空しゅうして帰って来た。どうしても（理窟なしに）大阪へ行くと言ってきかないのだそうである。もう、ああ言い出しては仕方がないから、と言って、洗足の伯父は彼に大阪行の旅費を与えた。

　翌日、三造は小田急で大山へ行った。その神主の家はすぐ分った。通されて二階に上ると、伯父は座敷の真中の蒲団《ふとん》の上に起きて、古ぼけた脇息《きょうそく》に凭《もた》れて坐っていた。伯父は三造を見ると非常に――滅多《めった》に見せたことのないほどの――嬉しそうな顔をした。それが何だか三造を不安にした。荷物はすっかりととのえられていた。立つ際になって、封筒に入れて置いた紙幣が一枚、その封筒ごと失《な》くなったといい出した。伯父のなくしものは何時ものことである。その時もすぐに、その封筒が部屋のすみの新聞紙の下から出て来た。が、それは半分破れて取れていて、中には、これもやはり破れた十円紙幣が半分だけはいっていた。伯父が反故《ほご》とまちがえて自分で破って捨てたものであることは明らかであった。他の半分は、だが、探しても探しても出て来なかった。伯父は捜索を断念しようとしたけれども、それを聞いて一緒に探しはじめた其の神主の家人達が承知しなかった。探し出して、くっつければ、結構使えるのだからと、そのお内儀《かみ》さんはそう言って、家の裏のごみ捨場や、その側の竹藪《たけやぶ》まで、子供達を探しにやった。「見つかるもんか。馬鹿な。」と伯父は、露骨に不快な顔をして、まるで他人事《ひとごと》のように、彼等の騒ぎ方を罵るのであった。自分自身の失策に対する腹立たしさと、更に、その失策を誇張するかのような仰々しい彼等の騒ぎぶりと、又、自分の金銭に対する恬淡《てんたん》さを彼等が全然理解していないことに対する憤懣《ふんまん》とで、すっかり機嫌を悪くしたまま、伯父はその家を出た。麓《ふもと》までは、三造にも初めての山駕籠《かご》であった。あまり強そうにも見えない三十前後の男が前後に一人ずつ、杖《つえ》をもって時々肩を換えながら、石段路を歩きにくそうに下って行った。三造はそのあとについて歩いた。下り切って了うと今度は人力車《じんりきしゃ》に乗った。松田《まつだ》の駅に着いた時はもう夕方になっていた。

松田駅の待合室で次の下りを待合せている間、伯父は色々解らないことを言出して三造を弱らせた。その時伯父は珍しく旅行案内を持っていて、（宿の神主が気を利かせて荷物の中に入れておいたものであろう）それで時間を繰《く》りながら、「今、立てば大阪は明日《あした》の十時になる」といった。所が三造が見ると、どうしても七時になっている。そういうと伯父はひどく腹を立てて、よく見ろといった。いくら見ても同じであった。伯父が線を間違えて見ていたのである。三造も少し不愉快になってきたので、赤鉛筆でハッキリ線をひいて伯父の見間違いを説明した。すると伯父は返事をしないで、子供のようにむっとしたまま横を向いて了った。それからしばらくして、今度は、夏蜜《なつみ》柑《かん》を買って来いと言い出した。三造の買ってきた夏蜜柑はうまくなかった。「夏蜜柑の択《えら》び方も知らん」と言ってまじめになって小言をいいながら、それでも伯父はムシャムシャ喰べた。そして三造にも勧めた。砂糖がなくてはと酸いものの嫌いな三造が言うと「そんな贅沢《ぜいたく》なことでどうする。今の若いものは」と再び小言が始まった。ふだんは、こんな事を言い出しては益々若い者に嗤《わら》われることを知って、自ら抑えるようにしているのだが、病気のためにそんな顧慮も忘れて了ったらしい。三造も腹が立ち、ハッキリと苦い顔を見せて、何時迄も夏蜜柑の黄色く白っぽい房を、喰べずに掌に載せたまま、強情に押黙っていた。

しかし、いよいよ切符を切り構内に入って露天のプラットフォオムのベンチに、トランクにもたれ、毛布をしいて、ほっと腰を下した伯父を見た時、——沈んで間もない初夏の空は妙に白々とした明るさであった、——三造は、はっきりと、伯父の死の近づいたことを感じさせられた。円い形の良い頭蓋骨が黄色い薄い皮膚の下にはっきり想像され、凹《くぼ》んだ眼は静かに閉じ、顴骨《けんこつ》から下がぐっと落ちこんで、先端の黄色くなった白髯が大分伸びている。そして右手はキチンと袴の膝の上に、左手は胸からふところへ差し込んだまま、眠ったように腰掛けている伯父の姿のどこかに、静かな暗い気がまといついているような気がするのであった。併《しか》し、その死の予感は、三造をうろたえさせもしなければ、又伯父に対する最後の愛着を感じさせもしなかった。妙におちついた澄んだ気持で、彼は、ほの白い薄明の中に浮び上った伯父の顔を、——その顔に漂っている、追いやることのできない不思議な静かな影を——見詰めるのであった。その影に抵抗することは、とてもできない。それは、どうすることもできない定まったことなのだ、と、そういう風な圧迫されるような気持を何とはなしに感じながら。

汽車の中は、場所はゆっくり取れたけれども、あいにくそれが手洗所の近くであった。伯父は、それをひどく気にして、他の乗客がその扉をあけっぱなしにすると言っては、遠慮なく罵った。三造は毛布を敷き、空気枕をふくらして、伯父の寝易いようにしつらえた。伯父は窓硝子の方に背をもたせ、枕をあてがって、足を伸ばし、眼をつぶった。茶っぽい光の列車の電燈の下では、伯父の顔にももう先刻の妙な「気」はすっかり払い落されて了っていた。ただ、そのやせた顔の皺《しわ》のより工合や、又時々のひきつるような筋の動きで、その浅い睡《ねむ》りの中でも伯父が苦痛をこらえていることが分り、それが向いあっている三造に落ちつかない気持を与えた。伯父の苦しそうな寐《ね》顔《がお》を見ながら、しかし、彼は、却《かえ》って、この伯父の嘗《かつ》ての滑稽な非常識な失策などを思い出していた。伯父が銭湯へ行った所、女湯とあるのを読み、そこには男湯はないものと思って、帰って来た話。又、三造の妹に、駄菓子屋へ行って、キャラメルを五円買って与えた話。そんなことを彼はゴトゴト揺られながら思い出していた。その三造の妹は二年前に四歳で死んだ。それを大変悲しんだ伯父はその時こんな詩を作った。

毎我出門挽吾衣　翁々此去復何時
今日睦児出門去　千年万年終不帰*

〔我、門ヲ出ル毎ニ吾ガ衣ヲ挽《ひ》キ　翁ヨ翁ヨ此《ここ》ヲ去リテ何時復《かえ》ル　今日、睦児門ヲ出テ去ル　千年万年終《つい》ニ帰ラズ〕

睦子とはその妹の名である。三造には漢詩の巧拙は分らなかった。従って伯父の詩で記憶しているのも殆んどないのであるが、今、次のようなのがあったのを、ひょっと思い出した。その冗談めいた自嘲《じちょう》の調子が彼の注意を惹《ひ》いたものであろうか。

悪詩悪筆　自欺欺人　億千万劫　不免蛇身＊

〔悪詩悪筆　自《みずか》ラ欺《あざむ》キ人ヲ欺ク　億千万劫　蛇身ヲ免《まぬが》レズ〕

口の中で、しばらく之《これ》を繰返しながら、三造は自然に不快な寒けを感じてきた。何故か知らぬが、詩の全体の意味からはまるで遊離した「不免蛇身」という言葉だけが、三造を妙におびやかしたのである。彼自身も、此の伯父のように、一生何ら為《な》すなく、自嘲の中に終らねばならぬかも知れぬというような予感からではなかった。それはもっと会体のしれない、気味の悪い不快さであった。眼をつぶったまま揺られつづけている伯父を、暗い車燈の下に眺めながら、彼は「此の世界で冗談に云ったことも別の世界では決して冗談ではなくなるのだ」という気がした。（そのくせ、彼はふだん決して他の世界の存在など信じてはいないのだが）すると、伯父の詩の蛇身という言葉が、蛇身という文字がそのまま生きてきて、グニャグニャと身をくねらせて車室の空気の中を匍《は》いまわっているような気持さえしてくるのであった。

　翌朝、大阪駅から乗ったタクシイの中で――従姉の家は八尾《やお》にあった――三造はそっと自分の蟇口《がまぐち》をのぞいて見た。前日の夕方、松田駅で、切符を買うとき「一寸《ちょっと》、今、一緒に出して置いてくれ」と伯父に言われて、立替えて置いた金のことを、伯父はもうすっかり忘れて了ったと見えて、未だに何とも云い出さないのである。車に揺られて、ゴミゴミした大阪の街中を通りながら、又この車賃も払わせられるのかと、彼は観念していた。そうなると洗足の伯父から貰ってきた金では、帰りの汽車賃があぶなくなるのである。どうせ従姉に借りれば済むことではあるが、とにかく近頃の伯父の忘れっぽさには呆《あき》れない訳には行かなかった。それに、冗談にも催促がましいことでも口にしようものなら大変なのだから、全く、ひどい目に逢《あ》うものだと三造は思った。車が次第に郊外らしいあたりにはいって行った時、しかし、伯父は、突然自分の財布を出して五円紙幣を一枚抜き出した。明らかに、今度は自分で払う積りに違いない。三造は、一寸《ちょっと》助かったような気がしたけれど、それにしても財布まで出しながら、まだ、昨夕の汽車賃のことを思い出さないのは変だと思った。車はやがて八尾の町にはいって、しばらくすると、伯父は、そこで車を停めさせて、どうも此処《ここ》らしいから下りて見るといった。三造は初めてであるし、伯父もまだ二度目なのではっきり分らないのである。三造を車内に残して、ひとり下りた伯父は、紙幣を一枚、右の人差指と中指の間にはさんだまま、あまり確かでない足どりで、往来から十間ほどひっこんだ路次にはいって行った。そして、突当りの格子《こうし》戸の上の標札を読むと、病人のわりにかなり大きな声で「ああ、ここだ。ここだ」と云って、彼の方を向いて手招きをした。それからそのまま——紙幣《さつ》を指の間にはさんだまま——格子をあけて、すうっとはいって了ったのである。どうにも仕方がなかった。三造は苦笑しながら、又しても四円なにがしのタクシイ代を払った。

伯父を送りとどけると、三造はほっと荷を下した気になって、すぐに、ひとりで京都へ遊びに出かけた。京都には、此《こ》の春、京都大学にはいった高等学校の友人がいた。二日ほど、その友人の下宿に泊って遊んでから、八尾の従姉の家に帰ると、玄関へ出て来た従姉が小声で彼に告げた。三ちゃんが黙って遊びに行って了ったって大変御機嫌が悪いから、早く行って大人《おとな》しくあやまっていらっしゃいと言うのである。昨日は大変元気で鯛《たい》の刺身を一人で三人前も喰べたのはいいが、そのおかげで昨夕は何度も嘔吐《おうと》や腸出血らしいのがあったのだとも言った。何しろ医者を寄付けようとしないので従姉も困っているらしかった。二階へ上って行くと、果して、伯父は大きな枕の中から顔を此方《こちら》へ向け、黙ってじろりと彼を睨《にら》んだ。それから突然、掃除をしろと言い出した。彼が、座敷の隅にかかっていた座敷箒《ざしきぼうき》を取ろうとすると、先ず、自分の寝ている床《とこ》の上から掃《は》かなけりゃいけないと言う。小さな棕櫚《しゅろ》の手箒《てぼうき》で蒲団の上を、それから座敷箒で、その部屋と隣の部屋まで、とうとう三造はすっかり二階中掃除させられて了った。それが終ると、大分伯父も気が済んだようであったが、それでも、まだ「お前は病人を送る為に来たのだか、自分の遊びの為に来たのだか分らない」などと言った。その晩、三造は早々《そうそう》に東京へ帰った。

三

二週間程して、伯父《おじ》は八尾の姪《めい》の夫に送られて東京へ帰って来た。何の為に大阪へ行ったのか、訳が分らない位であった。恐らく伯父も既に死を覚《さと》ったのであろう。そうして同じ死ぬならば、やはり自分の生れた東京で死にたかったのであろう。三造が電話でしらせを受取って直ぐに高樹町《たかぎちょう》の赤十字病院に行った時、伯父はひどく彼を待《まち》兼《か》ねていた様子であった。一生竟《つい》に家庭を持たなかった伯父は、数ある姪や甥《おい》達の中でも特に三造を愛していた様に見えた。殊に、彼の学校の成績の比較的良い点に信頼していたようであった。三造がまだ中学の二年生だった時分、同じく二年生だった彼の従兄の圭吉と二人で、伯父の前で、将来自分達の進む学校について話し合ったことがあった。其の時、二人とも中学の四年から高等学校へ進む予定で、そのことを話していると、それを聞いていた伯父が横から、「三造は四年からはいれるだろうが、圭吉なんか、とても駄目さ」と言った。三造は、子供心にも、思い遣りのない伯父の軽率を、許し難いものに思い、まるで自分が圭吉を辱《はずか》しめでもしたかの様な「すまなさ」と「恥ずかしさ」とを感じ、暫《しば》しは、顔を上げられない位であった。それから二年余りも経って、駄目だと言われた圭吉も、三造と共に四年から高等学校にはいった時、三造は、まだ、曾《かつ》ての伯父の無礼を執念深く覚えていて、それに対する自分の復讐が出来たような嬉しさを感じたのであった。

赤十字病院の病室には、洗足の伯父と渋谷の伯父*（之は、例のお髯の伯父と洗足の伯父の間の伯父であった。その頃遠く大連《だいれん》*にいた三造の父*は、十人兄弟の七番目であった。）とが来ていた。勿論、附添や看護婦もいた。三造がはいって行くと、伯父は寝顔を此方へ向けて、真先に、丁度其の頃神宮外苑《じんぐうがいえん》で行われていた極東オリンピック*のことを彼に訊ねた。そして、陸上競技で支那が依然無得点であることを彼の口から確かめると、我が意を得たという様な調子で、「こういうような事でも、矢張《やはり》支那人は徹底的に懲《こら》して置く必要がある」と呟《つぶや》いた。それから、其の日の新聞の支那時局に関する所を三造に読ませて、じっと聞いていた。伯父は、人間の好悪が甚だしく、気に入らない者には新聞も読ませないのである。

次に三造が受取った伯父に就いての報知は、いよいよ胃癌《いがん》で到底助かる見込の無いことを伯父自身に知らせたということ――それは、もうずっと以前から分っていたことだが、病人の請うままにそれを告げてよいか、どうかを医者が親戚達に計った時、伯父の平生の気質から推して、本当のことをはっきり言って了った方が却《かえ》って落著《おちつ》いた綺麗な往生が遂げられるだろうと、一同が答えたのであるという。――そして、どうせ助からないなら病院よりは、というので、洗足の家へ引移ったということであった。尚、その親戚の一人からの手紙には、「助かる見込のない事を宣告された時の伯父は、実に従容《しょうよう》としていて、顔色一つ変えなかった」と附加えてあった。英雄の最後でも画《えが》くようなそういう書きっぷりには些《いささ》か辟易《へきえき》したが、とにかく三造は直ぐに洗足の伯父の家へ行った。そうして、ずっと其処に寝泊りして最後迄附添うことにした。病気が進むにつれ、人に対する好悪が益々ひどくなり側に附添うことを許されるのは、三造の他四五人しかいなかった。その四五人にも、伯父は絶えず何か小言を言続けていた。田舎からわざわざ見舞に来た三造の伯母――伯父の妹――などは、何か気に入らぬことがあるとて、病室へも通されなかった。三造にとって一番たまらないのは、伯父が看護婦を罵《ののし》ることであった。看護婦には、伯父の低声《こごえ》の早口が聞きとれないのである。それを伯父は、少しも言うことを聞かぬ女だ、といって罵った。或《ある》時は、三造に向って看護婦の面前で、「看護婦を殴れ。殴っても構わん」などと、憤怒に堪えかねた眼付で、しわ嗄《が》れた声を絞りながら叫んだ。利《き》かない上体を、心持、枕から浮かすように務めながら目をけわしくして、衰えた体力を無理にふりしぼるように罵っている伯父の姿は全く悲惨であった。そういう時、最初の看護婦は、——その女は二日程いたが堪えられずに帰って了った——後を向いて泣出し、二度目の看護婦は不《ふ》貞腐《てくさ》れて外《そ》っ方《ぽ》を向いていた。三造は、どうにもやり切れぬ傷ましい気持になりながら、何とも手の下しようが無かった。

病人の苦痛は極めて激しいもののようであった。食物という食物は、まるで咽喉《のど》に通らないのである。「天ぷらが喰べたい」と伯父が言出した。何処のが良い？と聞くと「はしぜん」だという。親戚の一人が急いで新橋《しんばし》迄行って買って来た。が、ほんの小指の先ほど喰べると、もう直ぐに吐出して了った。まる三週間近く、水の他何にも摂《と》れないので、まるで生きながら餓鬼道に堕《お》ちたようなものであった。例の気象で、伯父はそれを、目をつぶってじっと堪《こら》えようとするのである。時として、堪えに堪えた気力の隙から、かすかな呻《うめ》きが洩《も》れる。瞑《つむ》った眼の周囲に苦しそうな深い皺を寄せ、口を堅く閉じ、じっとしていられずに、大きな枕の中で頭をじりじり動かしている。身体には、もうほんの少しの肉も残されていない。意識が明瞭なので、それだけ苦痛が激しいのである。筋だらけの両の手の指を硬くこわばらせ、その指先で、寝衣《ねまき》の襟《えり》から出たこつこつの咽喉骨や胸骨のあたりを小刻みに顫《ふる》えながら押える。その胸の辺が呼吸と共に力なく上下するのを見ていると、三造にも伯父の肉体の苦痛が蔽《おお》いかぶさって来るような気がした。しまいに、伯父は、薬で殺して呉《く》れと言出した。医者は、それは出来ないと言った。だが、苦痛を軽くする為に、死ぬ迄、薬で睡眠状態を持続させて置くことは許されるだろう、と附加えた。結局、その手段が採られることになった。いよいよ其の薬をのむという前に、三造は伯父に呼ばれた。側には、ほかに伯父の従弟《いとこ》に当る男と、及び、伯父の五十年来の友人であり弟子でもある老人とがいた。伯父は扶《たす》けられて、やっと蒲団の上に起きて坐り、夜具を三方に高く積ませて、それに凭《よ》って辛うじて身を支えた。伯父は側にいる三人の名を一人一人呼んで床《とこ》の上に来させ、其の手を握りながら、別れの挨拶《あいさつ》をした。伯父が握手をするのは一寸不思議であったが、恐らく、それが其の時の伯父には最も自然な愛情の表現法だったのであろう。三造は、他の二人の握手を見ながら、多少の困惑を交えた驚きを感じていた。最後に彼が呼ばれた。彼が近づくと、伯父は真白な細く堅い手を彼の掌に握らせながら、

「お前にも色々厄介《やっかい》を掛けた」と、とぎれとぎれの声で言った。三造は眼を上げて伯父の顔を見た。と、静かに彼を見詰めている伯父の視線にぶっつかった。其の眼の光の静かな美しさにひどく打たれ、彼は覚えず伯父の手を強く握りしめた。不思議な感動が身体を顫わせるのを彼は感じた。

　それから伯父は其の薬を飲み、やがて寝入って了った。三造は其の晩ずっと、眠続けている伯父の側について見守った。一時の感動が過ぎると、彼には先刻の所作《しょさ》が——又、それに感動させられた自分が少々気羞《きはずか》しく思出されて来る。彼はそれを忌々《いまいま》しく思い、其の反動として、今度は、伯父の死に就いて飽《あ》く迄冷静な観察をもち続けようとの心構《こころがまえ》を固めるのである。青い風呂敷《ふろしき》で電燈を覆《おお》ったので、部屋は海の底のような光の中に沈んでいる。其のうす暗さの真中にぼんやり浮かび上った端正な伯父の寝顔には、最早、先刻迄の激しい苦痛の跡は見られないようである。其の寝顔を横から眺めながら、彼は伯父の生涯だの、自分との間の交渉だの、又病気になる前後の事情だのを色々と思いかえして見る。突然、ある妙な考えが彼の中に起って来た。「こうして伯父が寝ている側で、伯父の性質の一つ一つを意地悪く検討して行って見てやろう。感情的になりやすい周囲の中にあって、どれほど自分は客観的な物の見方が出来るか、を試すために」と、そういう考えが起って来たのである。(若い頃の或る時期には、全く後から考えると汗顔のほかは無い・未熟な精神的擬態を採ることがあるものだ。此の場合も明らかに其の一つだった。）その子供らしい試みのために彼は、携帯用の小型日記を取り出し、暗い電気の下でボツボツ次のような備忘録風のものを書き始めた。書留めて行く中に、伯父の性質の、というよりも、伯父と彼自身との精神的類似に関するとりとめのない考察のようなものになって行った。

四

（一）　彼の意志、（と三造は、先《ま》ず書いた。）

自分が嘗《か》ってその下に訓練され陶冶《とうや》された紀律の命ずる方向に向っては、絶対盲目的に努力し得ること。それ以外のことに対しては全然意志的な努力を試みない。一見頗《すこぶ》る鞏固《きょうこ》であるかに見える彼の意志も、其の用いられ方が甚だ保守的であって、全然未知な精神的分野の開拓に向って、それが用いられることは決して無い。

（二）　彼の感情

論理的推論は学問的理解の過程に於《おい》て多少示されるに過ぎず（実はそれさえ甚だ飛躍的なものであるが）、彼の日常生活には全然見られない。行動の動機は悉《ことごと》く感情から出発している。甚だ理性的でない。その没理性的な感情の強烈さは、時に（本末顛《ほんまつてん》倒《とう》的な、）執拗《しつよう》醜悪な面貌《めんぼう》を呈する。彼の強情がそれである。が、又、時として、それは子供のような純粋な「没利害」の美しさを示すこともある。

自己、及び自己の教養に対する強い確信にも係らず、なお、自己の教養以外にも多くの学問的世界のあることを知るが故に、彼は屢々《しばしば》（殊に青年達の前にあって、）其《そ》等《ら》の世界への理解を示そうとする。――多くの場合、それは無益な努力であり、時に、滑稽でさえある。――しかも此の他の世界への理解の努力は、常に、悟性的な概念的な学問的な範囲にのみ止っていて、決して、感情的に異った世界、性格的に違った人間の世界に迄は及ばないのである。かかる理解を示そうとする努力、――新しい時代に置き去りにされまいとする焦躁――が、彼の表面に現れる最も著しい弱さである。

（ここまで書いて来た三造は、絶えず自分につきまとっている気持――自分自身の中にある所のものを憎み、自身の中に無いものを希求している彼の気持――が、伯父に対する彼の見方に非常に影響していることに気が付き始めた。彼は自分自身の中に、何かしら「乏《とぼ》しさ」のあることを自ら感じていた。そして、それを甚だしく嫌って、すべて、豊かさの感じられる（鋭さなどはその場合、ない方が良かった）ものへ、強い希求を感じていた。此の豊かさを求める三造の気持が、伯父自身の中に、――その人間の中に、その言動の一つ一つの中に見出される禿鷹《はげたか》のような「鋭い乏しさ」に出会って、烈しく反撥するのであろう。彼はこんなことを考えながら、書続けて行った。）

（三）　移り気

彼の感情も意志も、その儒教倫理（とばかりは言えない。その儒教道徳と、それから稍々《やや》喰《は》み出した、彼の強烈な自己中心的な感情との混合体である。）への服従以外に於ては、質的には頗《すこぶ》る強烈であるが、時間的には甚だしく永続的でない。移り気なのである。

これには、彼の幼時からの書斎的俊敏が大いにあずかっている。彼が一生ついに何等のまとまった労作をも残し得なかったのは此の故である。決して彼が不遇なのでも何でもない。その自己の才能に対する無反省な過信は殆《ほとん》ど滑稽に近い。時に、それは失敗者の負惜《まけおし》みからの擬態とも取れた。若い者の前では、つとめて、新時代への理解を示そうとしながら、しかも、その物の見方の、どうにもならない頑冥《がんめい》さに於て、宛《えん》然《ぜん》一個のドン・キホーテ*だったのは悲惨なことであった。而《しか》も、彼が記憶力や解釈的思索力（つまり東洋的悟性）に於て異常に優れて居り、且つ、その気質は最後まで、我儘《わがまま》な、だが没利害的な純粋を保って居り、又、その気魄《きはく》の烈しさが遥かに常人を超えていたことが一層彼を悲惨に見せるのである。それは、東京が未だ近代の侵害を受ける以前の、或る一つのすぐれた精神の型の博物館的標本である。………

（このような批判を心の中に繰返しながら、三造は、こう考えている自分自身の物の見方が、あまりに生温《なまぬる》い古臭いものであることに思い及ばないわけには行かなかった。伯父の一つの道への盲信を憐《あわ》れむ（あるいは羨《うらや》む）ことは、同時に自らの左顧右眄《さこうべん》的な生き方を表白することになるではないか。して見れば彼自らも、伯父と同様、新しい時代精神の予感だけはもちながら、結局、古い時代思潮から一歩も出られない滑稽な存在となるのでないか。（ただ、それは伯父と比べて、半世紀だけ時代をずらしたにすぎない。）伯父のようになるであろうと言った彼の従姉の予言があたることになるではないか。………）

彼は少々忌々《いまいま》しくなって、文章を続ける気がしなくなり、今度は表のようなものをこしらえる積りで、日記帖の真中に横に線を引き、上に、伯父から享《う》けたもの、と書き、下に、伯父と反対の点と書いた。そうして伯父と自分との類似や相違を其処《そこ》に書き入れようとしたのである。

伯父から享けたものとしては、先ず、其の非論理的な傾向、気まぐれ、現実に疎《うと》い理想主義的な気質などが挙げられると、三造は考えた。穿《うが》ったような見方をするようでいて、実は大変に甘いお人好《ひとよ》しである点なども、其の一つであろう。三造も時に他《ひ》人《と》から記憶が良いと言われることがあるが、之も伯父から享けたものかも知れない。肉体的にいえば、伯父のはっきりした男性的な風貌に似なかったことは残念だったが、顱頂《ろちょう》の極めてまん円《まる》な所（誰だって大体は円いに違いないが、案外でこぼこがあったり、上が平らだったり、後《うしろ》が絶壁だったりするものだ。）だけは、確かに似ている。しかし、伯父との間に最も共通した気質は何だろう。或いは、二人ともに、小動物、殊に猫を愛好する所がそれかも知れぬ、と、三造は気が付いた。一つの情景が今三造の眼の前に浮んで来る。何でも夏の夕方で、彼はまだ小学校の三年生位である。次第に暮れて行く庭の隅で、彼が小さなシャベルで土を掘っている側に、伯父が小刀で白木を削《けず》っている。二人が共に非常に可愛がっていた三毛猫が何処かで猫イラズでも喰べたらしく、その朝、外から帰って来ると、黄色い塊を吐いて、やがて死んで了った。その墓を二人はこしらえているのである。土が掘れると、猫の死骸を埋め、丁寧に土をかけて、伯父がその上に、白木の印を立てる。黄色く暮れ残った空に蚊柱の廻る音を聞きながら、三造はその前にしゃがんで手を合わせる。伯父は彼の後に立って、手の土を払いながら、黙ってそれを見ている。

五

伯父はその晩ずっと睡り続けた。次の日の昼頃、ひょいと眼をあけたが、何も認めることが出来ないようであった。空《くう》をみつめた眼玉をぐるりと一廻転させると、すぐに又、瞼《まぶた》を閉じた。そしてそのまま、微《かす》かな寝息を立てて、眠り続けた。

その晩八時頃、三造が風呂にはいっていると、すぐ外の廊下を食堂（洗足《せんぞく》の伯父の家は半ば洋風になっていた）から、伯父の病室の方へバタバタ四五人の急ぎ足のスリッパの音が聞えた。彼は「はっ」と思ったが、どうせ睡眠状態のままなのだから、と、そう考えて、身体を洗ってから、廊下へ出た。病室へはいると、昼間の姿勢のままにねている伯父を真中にして、その日、朝からこの家につめかけていた四人の親戚達や此《こ》の家の家族達が、大方黙って下を向いていた。彼が障子をあけてはいっても誰も振向かない。彼等の環の中にはいって座を占め、伯父の顔を眺めた。かすかな寝息ももう聞えなかった。彼はしばらく見ていた。が、何の感動も起らなかった。突然、笑い声のような短く高い叫びが、彼の一人おいて隣から起った。それは二三年前女学校を出た此の家の娘であった。彼女はハンケチで顔をおおって深く下を向いたまま、小刻みに肩のあたりを顫《ふる》わせている。此の従妹《いとこ》が三日程前、水の飲ませ方が悪いと言って、ひどく伯父から叱られて泣いていたのを三造は思い出した。

棺は翌朝来た。それ迄に伯父の身体はすっかり白装束に着換えさせられていた。元来小柄な伯父の、経帷子《きょうかたびら》を着て横たわった姿は、丁度、子供のようであった。其の小さな身体の上部を洗足の伯父が持ち、下を看護婦が支えて、白木の棺に入れた時、三造は、こんな小さな瘦《や》せっぽちな伯父が之から一人ぼっちで棺の中に入らなければならないのかと思って、ひどく傷々《いたいた》しい気がした。それは、哀れ、とよりほか言いようのない気持であった。小さな枕共に埋まって、ちょこんと小さく寝ている伯父を見ている中に、其の瘦せた白い身体の中が次第に透きとおって来て、筋や臓腑《ぞうふ》がみんな消えて了い、その代りに何ともいえない哀れさ寂《さび》しさが其の中に一杯になってくるように思われた。敬《うやま》われはしたかも知れないが竟《つい》に誰にも愛されず、孤独な放浪の中に一生を送った伯父の、その生涯の寂しさと心細さとが、今、此の棺桶《かんおけ》の中に一杯になって、それが、ひしひしと三造の方迄流れ出して来るかの様に思われるのであった。昔、自分と一緒に猫を埋めた時の伯父の姿や、昨夜、薬をのむ前に「お前にも色々世話になった。」と言った伯父の声が、（低い、嗄《しわが》れた声が其の儘）三造の頭の奥をちらりと掠《かす》めて過ぎた。突然、熱いものがグッと押上げて来、あわてて手をやるひまもなく、大粒の涙が一つポタリと垂れた。彼は自分で吃驚《きっきょう》しながら、又、人に見られるのを恥じて、手の甲で頻《しき》りに拭《ぬぐ》った。が、拭っても拭っても、涙は止まらなかった。彼は自分の不覚が腹立たしく、下を向いたまま廊下へ出ると、下駄《げた》をひっかけて庭へ下りて行った。六月の中旬のことで、庭の隅には丈の高い紅と白とのスウィートピイが美しく簇《むらが》り咲いていた。花の前に立って、三造は、暫く涙の涸《かわ》くのを待った。

六

伯父の遺稿集の巻末につけた、お髯《ひげ》の伯父の跋《ばつ》*によれば、死んだ伯父は「狷介ニシテ善ク罵リ、人ヲ仮《ユル》ス能ワズ。人マタ因ッテ之ヲ仮スコトナシ。大抵視テ以テ狂トナス。遂ニ自ラ号シテ斗南狂夫*トイウ。」とある。従って、其の遺稿集は、「斗南存稾《そんこう》」と題されている。此の「斗南存稾」を前にしながら、三造は、之を図書館へ持って行ったものか、どうかと頻りに躊躇している。（お髯の伯父から、之を帝大と一高の図書館へ納めるように、いいつけられているのである。）図書館へ持って行って寄贈を申し出る時、著者と自分との関係を聞かれることはないだろうか？　その時「私の伯父の書いたものです」と、昂然と答えられるだろうか？　書物の内容の価値とか、著者の有名無名とかいうことでなしに、ただ、「自分の伯父の書いたものを、得々として自分が持って行く」という事の中に、何か、おしつけがましい、図々しさがあるような気がして、神経質の三造には、堪えられないのである。が、又、一方、伯父が文名嘖々《さくさく》たる大家ででもあったなら、案外、自分は得意になって持って行くような軽薄児ではないか、とも考えられる。三造は色々に迷った。とにかく、こんな心遣《こころづかい》が多少病的なものであることは、彼も自分で気がついている。しかし、自己的な虚栄的な斯《こ》ういう気持を、別に、死んだ伯父に対して済まないとは考えない。ただ、この書の寄贈を彼に託した親戚や家人達が、この気持を知ったら烈しく責めるだろうと思うのである。

だが、結局彼は、それを図書館に納めることにした。生前、伯父に対して殆ど愛情を抱かなかった罪ほろぼしという気持も、少しは手伝ったのである。実際、近頃になっても彼が伯父に就いて思出すことといえば、大抵、伯父にとって意地の悪い事柄ばかりであった。死ぬ一月ばかり前に、伯父が遺言のようなものを予《あらかじ》め書いた。「勿葬、勿墳、勿碑。」（葬式を出すな。墓に埋めるな。碑を立てるな。）之を死後、新聞の死亡通知に出した時、「勿墳」が誤植で「勿憤」になっていた。一生を焦躁と憤懣との中に送った伯父の遺言が、皮肉にも、憤《いきどお》る勿《なか》れ、となっていたのである。三造の思出すのは大抵この様な意地の悪いことばかりだった。ただ、一二年前と少し違って来たのは、漸く近頃になって彼は、当時の伯父に対する自分のひねくれた気持の中に「余りに子供っぽい性急な自己反省」と、「自分が最も嫌っていた筈の乏しさ」とを見るようになったことである。

彼は、軽い罪ほろぼしの気持で「斗南存稾」を大学と高等学校の図書館に納めることにした。但し、神経の浪費を防ぐ為に、郵便小包で送ろうと考えたのである。図書館に納めることが功徳になるか、どうか頗《すこぶ》る疑問だな、などと思いながら、彼は、渋《しぶ》紙《がみ》を探して小包を作りにかかった。

×　　×　　×

右の一文は、昭和七年の頃、別に創作のつもりではなく、一つの私記として書かれたものである。十年経《た》つと、併《しか》し、時勢も変り、個人も成長する。現在の三造には、伯父の遺作を図書館に寄贈するのを躊躇する心理的理由が、最早余りにも滑稽な羞恥としか映らない。十年前の彼は、自分が伯父を少しも愛していないと、本気で、そう考えていた。人間は何と己《おの》れの心の在り処を自ら知らぬものかと、今にして驚くの外はない。

伯父の死後七年にして、支那事変*が起った時、三造は始めて伯父の著書「支那分割の運命」を繙《ひもと》いて見た。此の書は先ず袁世凱《えんせいがい》*・孫逸仙《そんいっせん》*の人物月旦《げったん》*に始まり、支那民族性への洞察から、我が国民の彼に対する買被《かいかぶ》り的同情（此の書は大正元年十月刊行。従って其《そ》の執筆は民国革命*進行中だったことを想起せねばならぬ）を嗤《わら》い、一転して、当時の世界情勢、就中《なかんずく》欧米列強の東亜侵略の勢を指陳《しちん》して、「今や支那分割の勢既に成りて復《また》動かすべからず。我が日本の之に対する、如何にせば可ならん。全く分割に与《あずか》らざらんか。進みて分割に与らんか」と自ら設問し、さて前説が我が民族発展の閉《へい》塞《そく》を意味するとせば、勢い、欧米諸国に伍《ご》して進んで衡《こう》を中原に争わねばならぬものの如く見える。併しながら、この事たる、究極より之を見るに「黄人の相食《は》み相闘うもの」に他ならず、「たとい我が日本甘んじて白人の牛後となり、二三省の地を割き二三万方里の土地四五千万の人民を得るも、何ぞ黄人の衰滅に補《ほ》あらん。又何ぞ白人の横行を妨げん。他年煢々《けいけい》孤立、五洲*の内を環顧するに一の同種の国なく一の唇歯《しんし》輔《ほ》車《しゃ》*相倚り相扶《たす》くる者なく、徒《いたず》らに目前区々の小利を貪りて千年不滅の醜名を流さば、豈《あに》大東男児*無前の羞に非ずや。」という。則ち分割のこと、之に与るも不利、与らざるも不利、然らば之に対処するの策なきか。曰《いわ》く、あり。しかも、唯一つ。即ち日本国力の充実之のみ。「もし我をして絶大の果断、絶大の力量、絶大の抱負あらしめば、我は進んで支那民族分割の運命を挽回せんのみ。四万々生霊*を水火塗《と》炭《たん》の中に救わんのみ。蓋《けだ》し大和民族の天職は殆ど之より始まらんか。」思うに「二十世紀の最大問題はそれ殆ど黄白人種の衝突か。」而《しこう》して、「我に後来白人を東亜より駆逐《くちく》せんの絶大理想あり。而して、我が徳我が力能《よ》く之を実行するに足らば」則ち始めて日本も救われ、黄人も救われるであろうと。そうして伯父は当時の我が国内各方面に就いて、他日此の絶大実力を貯うべき備《そなえ》ありやを顧み、上に、聖天子おわしましながら有君而無臣*を慨《なげ》き、政治に外交に教育に、それぞれ得意の辛辣《しんらつ》な皮肉を飛ばして、東亜百年のために国民全般の奮起を促しているのである。

支那事変に先立つこと二十一年、我が国の人口五千万、歳費七億の時代の著作であることを思い、其の論旨の概《おおむ》ね正鵠《せいこく》を得ていることに三造は驚いた。もう少し早く読めば良かったと思った。或いは、生前の伯父に対して必要以上の反撥を感じていた其の反動で、死後の伯父に対しては実際以上の評価をして感心したのかも知れない。

大東亜戦争*が始まり、ハワイ海戦*や馬来《マレイ》沖海戦*の報を聞いた時も、三造の先ず思ったのは、此の伯父のことであった。十余年前、鬼雄となって我に寇《あだ》なすものを禦《ふせ》ぐべく熊野灘の底深く沈んだ此の伯父の遺骨のことであった。鯱《さかまた》か何かに成って敵の軍艦を喰ってやるぞ、といった意味の和歌が、確か、遺筆として与えられた筈だったことを彼は思出し、家中捜し廻って、漸《ようや》くそれを見付け出した。既に湿気のためにぐにゃぐにゃになった薄樺色《うすかばいろ》地の二枚の色紙には、瀕死の病者のものとは思われない雄渾《ゆうこん》な筆つきで、次の様な和歌がしたためられていた。

あが屍野にな埋みそ黒潮の逆《さか》まく海の底になげうて

さかまたはををしきものか熊野浦寄りくるいさな討ちてしやまむ

虎《とら》狩《がり》

一

私は虎狩の話をしようと思う。虎狩といってもタラスコンの英雄タルタラン氏*の獅子狩のようなふざけたものではない。正真正銘の虎狩だ。場所は朝鮮の、しかも京城《けいじょう》*から二十里位しか隔たっていない山の中、というと、今時そんな所に虎が出て堪《たま》るものかと云って笑われそうだが、何しろ今から二十年程前迄は、京城といっても、その近郊東小門*外の平山牧場の牛や馬がよく夜中にさらわれて行ったものだ。もっとも、これは虎ではなく、豺（ぬくて）という狼《おおかみ》の一種にとられるのであったが、とにかく郊外の夜中の独り歩きはまだ危険な頃だった。次のような話さえある。東小門外の駐在所で、或《あ》る晩巡査が一人机に向っていると、急に恐ろしい音を立ててガリガリと入口の硝子《ガラス》戸を引掻《ひっか》くものがある。びっくりして眼をあげると、それが、何と驚いたことに、虎だったという。虎が——しかも二匹で、後肢《あとあし》で立上り、前肢の爪で、しきりにガリガリやっていたのだ。巡査は顔色を失い、早速部屋の中にあった丸太棒を門《かんぬき》の代りに扉にあてがったり、ありったけの椅子や卓子《テーブル》を扉の内側に積み重ねて入口のつっかい棒にしたりして、自身は佩刀《はいとう》を抜いて身構えたまま生きた心地もなくぶるぶる顫《ふる》えていたという。が、虎共は一時間ほど巡査の胆《きも》を冷させたのち、やっと諦めて何《ど》処《こ》かへ行って了《しま》った、というのである。此《こ》の話を京城日報*で読んだ時、私はおかしくておかしくて仕方がなかった。ふだん、あんなに威張っている巡査が――その頃の朝鮮は、まだ巡査の威張れる時代だった。――どんなに其《そ》の時はうろたえて、椅子や卓子や、その他のありったけのがらくたを大掃除の時のように扉の前に積み上げたかを考えると、少年の私はどうしても笑わずにはいられなかった。それに、そのやって来た二匹連れの虎というのが――後肢で立上ってガリガリやって巡査をおどしつけた其の二匹の虎が、どうしても私には本物の虎のような気がしなくて、脅《おびやか》された当の巡査自身のように、サアベルを提げ長靴でもはき、ぴんと張った八字髭《ひげ》でも撫上げながら、「オイ、コラ」とか何とか言いそうな、稚気満々たるお伽話《とぎばなし》の国の虎のように思えてならなかったのだ。

二

さて、虎狩の話の前に、一人の友達のことを話して置かねばならぬ。その友達の名は趙大煥といった。名前で分るとおり、彼は半島人*だった。彼の母親は内地人*だと皆が云っていた。私はそれを彼の口から親しく聞いたような気もするが、或いは私自身が自分で勝手にそう考えて、きめこんでいただけかも知れぬ。あれだけ親しく付合っていながら、ついぞ私は彼のお母さんを見たことがなかった。兎《と》に角《かく》、彼は日本語が非常に巧《たく》みだった。それに、よく小説などを読んでいたので、植民地あたりの日本の少年達が聞いたこともないような江戸前の言葉さえ知っていた位だ。で、一見して彼を半島人と見破ることは誰にも出来なかった。趙と私とは小学校の五年の時から友達だった。その五年の二学期に私が内地から龍山の小学校*へ転校して行ったのだ。父親の仕事の都合か何かで幼い時に度々学校をかわったことのある人は覚えているだろう。ちがった学校へはいった初めの中《うち》ほど厭《いや》なものはない。ちがった習慣、ちがった規則、ちがった発音、ちがった読本の読み方。それに理由もなく新来者を苛《いじ》めようとする意地の悪い沢山の眼。全く何一つするにも笑われはしまいかと、おどおどするような萎《い》縮《しゅく》した気持に追い立てられてしまう。龍山の小学校へ転校してから二三日経《た》ったある日、その日も読方の時間に、「児島高徳《こじまたかのり》*」のところで、桜の木に書きつけた詩の文句を私が読み始めると、皆がどっと笑い出してしまった。赧《あか》くなりながら一生懸命に読み直せば読み直すほど、みんなは笑いくずれる。しまいには教師までが口のあたりに薄笑いを浮かべる始末だ。私はすっかり厭な気持になって了《しま》って、その時間が終ると大急ぎで教室を抜け出し、まだ一人も友達のいない運動場の隅っこに立ったまま、泣出したい気持でしょんぼり空を眺めた。今でも覚えているが、その日は猛烈な砂埃《すなぼこり》が深い霧のようにあたりに立罩《たちこ》め、太陽はそのうす濁った砂の霧の奥から、月のようなうす黄色い光をかすかに洩らしていた。あとで解ったのだけれども、朝鮮から満洲にかけては一年に大抵一度位はこのような日がある。つまり蒙古《もうこ》のゴビ砂漠に風が立って、その砂塵《さじん》が遠く運ばれてくるのだ。その日、私は初めて見るその物すさまじい天候に呆気《あっけ》に取られて、運動場の界《さかい》の、丈《たけ》の高いポプラの梢《こずえ》が、その白い埃の霧の中に消えているあたりを眺めながら、直ぐにじゃりじゃりと砂の溜《たま》ってくる口から、絶えずペッペッと唾《つば》を吐き棄てていた。すると突然横合から、奇妙な、ひきつった、ひやかすような笑いと共に、「ヤアイ、恥ずかしいもんだから、むやみと唾ばかり吐いてやがる。」という声が聞えた。見ると、割に背の高い、痩せた、眼の細い、小鼻の張った一人の少年が、悪意というよりは嘲笑に充ちた笑いを見せながら立っていた。成《なる》程《ほど》、私が唾を吐くのは確かに空中の埃のせいではあったが、そういわれて見ると、また先程の「天勾践《こうせん》を空しゅうする勿《なか》*れ」の恥ずかしさや、一人ぼっちの間《ま》の悪さ、などを紛《まぎ》らすために必要以上にペッペッと唾を吐いていたことも確かに事実のようである。それを指摘された私は、更に先程の二倍も三倍もの恥ずかしさを一時に感じて、カッとすると、前後の見境もなしに、その少年に向ってベソを掻《か》きながら跳びかかって行った。正直にいうと、何も私はその少年に勝てると思って跳びかかって行ったわけではない。身体の小さい弱虫の私は、それまで喧嘩《けんか》をして勝ったためしがなかった。だから、その時も、どうせ負ける覚悟で、そしてそれ故に、もう半分泣面をしながら跳びかかって行ったのだ。所が、驚いたことに、私が散々叩きのめされるのを覚悟の上で目をつぶって向って行った当の相手が案外弱いのだ。運動場の隅の機械体操の砂場に取組み合って倒れたまま暫《しばら》く揉《も》み合っている中に、苦もなく私は彼を組敷くことが出来た。私は内心やや此の結果に驚きながらも、まだ心を許す余裕はなく、夢中で目をつぶったまま相手の胸ぐらを小突きまわしていた。が、やがて、あまり相手が無抵抗なのに気がついて、ひょいと目をあけて見ると、私の手の下から相手の細い目が、まじめなのか笑っているのか解らない狡《ずる》そうな表情を浮かべて見上げている。私はふと何かしら侮辱を感じて急に手を緩《ゆる》めると、すぐに立上って彼から離れた。すると彼も続いて起き上り、黒いラシャ服の砂を払いながら、私の方は見ずに、騒ぎを聞いて駆付けて来た他の少年達に向って、きまり悪そうに目尻《めじり》をゆがめて見せるのだ。私は却《かえ》って此方《こちら》が負けでもしたような間《ま》の悪さを覚えて、妙な気持で教室に帰って行った。

それから二三日たって、その少年と私とは学校の帰りに同じ道を並んで歩いて行った。その時彼は自分の名前が趙大煥であることを私に告げた。名前をいわれた時、私は思わず聞き返した。朝鮮へ来たくせに、自分と同じ級に半島人がいるということは、全く考えてもいなかったし、それに又その少年の様子がどう見ても半島人とは思えなかったからだ。何度か聞き返して、彼の名がどうしても趙であることを知った時、私はくどくど聞き返して悪いことをしたと思った。どうやらその頃私はませた少年だったらしい。私は相手に、自分が半島人だという意識を持たせないように――これは此の時ばかりではなく、その後一緒に遊ぶようになってからもずっと――努めて気を遣ったのだ。が、その心遣いは無用であったように見えた。というのは、趙の方は自分で一向それを気にしていないらしかったからだ。現に自ら進んで私にその名を名乗った所から見ても、彼がそれを気に掛けていないことは解ると私は考えた。併《しか》し実際は、これは、私の思い違いであったことが解った。趙は実は此の点を――自分が半島人であるということよりも、自分の友人達がそのことを何時も意識して、恩恵的に自分と遊んでくれているのだ、ということを非常に気にしていたのだ。時には、彼にそういう意識を持たせまいとする、教師や私達の心遣いまでが、彼を救いようもなく不機嫌にした。つまり彼は自ら其の事にこだわっているからこそ、逆に態度の上では、少しもそれに拘泥《こうでい》していない様子を見せ、ことさらに自分の名を名乗ったりなどしたのだ。が、この事が私に解ったのは、もっとずっと後になってからのことだ。

とにかく、そうして私達の間は結ばれた。二人は同時に小学校を出、同時に京城の中学校*に入学し、毎朝一緒に龍山から電車で通学することになった。

三

その頃——というのは小学校の終り頃から中学校の初めにかけてのことだが、彼が一人の少女を慕っていたのを私は知っている。小学校の私達の組は男女混合組で、その少女は副級長をしていた。（級長は男の方から選ぶのだ。）背の高い、色はあまり白くはないが、髪の豊かな、眼のきれの長く美しい娘だった。組の誰彼が、少女倶楽《クラ》部《ブ》か何かの口絵の、華宵《かしょう》*とかいう挿絵画家の絵を、よく此の少女と比較しているのを聞いたことがあった。趙は小学校の頃から其の少女が好きだったらしいのだが、やがてその少女もやはり龍山から電車で京城の女学校に通うこととなり、往き帰りの電車の中でちょいちょい顔を合せるようになってから、更に気持が昂《こう》じてきたのだった。ある時、趙はまじめになって私にその事を洩らしたことがあった。はじめは自分もそれ程ではなかったのだが、年上の友人の一人がその少女の美しさを讃《ほ》めるのを聞いてから、急に堪《たま》らなく其の少女が貴く美しいものに思えてきたと、その時彼はそんなことを云った。口には出さなかったけれども、神経質な彼が此の事についても又、事新しく、半島人とか内地人とかいう問題にくよくよ心を悩ましたろうことは推察に難《かた》くない。私はまだはっきりと覚えている。ある冬の朝、南大門駅*の乗換の所で、偶然その少女に（全く先方もどうかしていて、ひょいとそうする気になったらしいのだが）正面から挨拶され、面喰ってそれに応じた彼の、寒さで鼻の先を赤くした顔つきを。それから又同じ頃やはり電車の中で、私達二人とその少女とが乗合せた時のことを。その時、私達が少女の腰掛けている前に立っている中《うち》に、脇の一人が席を立ったので、彼女が横へ寄って趙の為に（しかし、それは又同時に私のためとも取れないことはないのだが）席をあけてくれたのだが、その時の趙が、何という困ったような、又、嬉しそうな顔付をしたことか。……………私が何故こんなくだらない事をはっきり憶《おぼ》えているかといえば――いや、全く、こんなことはどうでもいいことだが――それは勿論、私自身も亦《また》、心ひそかに其の少女に切ない気持を抱いていたからだった。が、やがて、その彼の、いや私達の哀《かな》しい恋情は、月日が経って、私達の顔に次第に面皰《にきび》が殖《ふ》えてくるに従って、何処かへ消えて行って了った。私達の前に次から次へと飛出してくる生の不思議の前に、その姿を見失って了った、という方が、より本当であろう。この頃から私達は次第に、この奇怪にして魅力に富める人生の多くの事実について鋭い好奇の眼を光らせはじめた。二人が——勿論、大人に連れられてのことではあるが、——虎狩に出掛けたのは丁度其の頃のことだ。併しついでだから、順序は逆になるが、虎狩は後廻《あとまわ》しにして、その後の彼について、もう少し話して置こうと思う。それから後の彼について思い出すことといえば、もう、ほんの二つ三つしか無いのだから。

四

元来、彼は奇妙な事に興味を持つ男で、学校でやらせられる事には殆《ほとん》ど少しも熱心を示さなかった。剣道の時間なども大抵は病気と称して見学し、真面目に面をつけて竹刀《しない》を振廻している私達の方を、例の細い眼で嘲笑を浮べながら見ているのだったが、ある日の四時間目、剣道の時間が終って、まだ面も脱《と》らない私のそばへ来て、自分が昨日三越のギャラリイで熱帯の魚を見て来た話をした。大変昂奮《こうふん》した口調でその美しさを説き、是非私にも見に行くように、自分も一緒に、もう一度行くから、というのだ。その日の放課後私達は本町通りの三越に寄った。それは恐らく、日本で最も早い熱帯魚の紹介だったろう。三階の陳列場の囲いの中にはいると、周囲の窓際に、ずっと水槽を並べてあるので、場内は水族館の中のような仄《ほの》青い薄明りであった。趙は私を先《ま》ず、窓際の中央にあった一つの水槽の前に連れて行った。外の空を映して青く透った水の中には、五六本の水草の間を、薄い絹張り小団扇《うちわ》のような美しい、非常にうすい平べったい魚が二匹静かに泳いでいた。ちょっと鰈《かれい》を――縦におこして泳がせたような恰好《かっこう》だ。それに、その胴体と殆ど同じ位の大きさの三角帆のような鰭《ひれ》が如何《いか》にも見事だ。動く度に色を変える玉虫めいた灰白色の胴には、派手なネクタイの柄のように、赤紫色の太い縞《しま》が幾本か鮮かに引かれている。

「どうだ！」と、熱心に見詰めている私の傍で、趙が得意気に言った。

硝子《ガラス》の厚みのために緑色に見える気泡の上昇する行列。底に敷かれた細かい白い砂。そこから生えている巾《はば》の狭い水藻《みずも》。その間に装飾風の尾鰭《おひれ》を大切そうに静かに動かして泳いでいる菱形《ひしがた》の魚。こういうものをじっと眺めている中に、私は何時《いつ》の間にか覗《のぞ》き眼鏡《めがね》で南洋の海底でも覗いているような気になってしまっていた。が、併《しか》し又、其の時、私には趙の感激の仕方が、あまり仰々しすぎると考えられた。彼の「異国的な美」に対する愛好は前からよく知ってはいたけれども、此の場合の彼の感動には多くの誇張が含まれていることを私は見出し、そして、その誇張を挫《くじ》いてやろうと考えた。で、一通り見終ってから三越を出、二人して本町通を下って行った時、私は彼にわざとこう云ってやった。

——そりゃ綺麗でないことはないけれど、だけど、日本の金魚だってあの位は美しいんだぜ。——

反応は直ぐに現れた。口を噤《つぐ》んだまま正面から私を見返した彼の顔付は——その面《にき》皰《び》のあとだらけな、例によって眼のほそい、鼻翼《びよく》の張った、唇《くちびる》の厚い彼の顔は、私の、繊細な美を解しないことに対する憫笑《びんしょう》や、又、それよりも、今の私の意地の悪いシニカルな態度に対する抗議や、そんなものの交りあった複雑な表情で忽《たちま》ち充たされて了ったのである。その後一週間程、彼は私に口をきかなかったように憶えている。……

……

五

彼と私との交際の間には、もっと重要なことが沢山あったに相違ないのだが、それでも私はこうした小さな出来事ばかり馬鹿にはっきりと憶えていて、他の事は大抵忘れて了《しま》っている。人間の記憶とは大体そういう風に出来ているものらしい。で、この他に私のよく憶えていることといえば、——そう、あの三年生の時の、冬の演習の夜のことだ。

それは、たしか十一月も末の、風の冷たい日だった。その日、三年以上の生徒は漢《かん》江《こう》*南岸の永登浦《えいとうほ》*の近処で発火演習を行った。斥候《せっこう》に出た時、小高い丘の疎林《そりん》の間から下を眺めると、其処には白い砂原が遠く連なり、その中程あたりを鈍い刃物色をした冬の川がさむざむと流れている。そしてその遥か上の空には、何時《いつ》も見慣れた北漢山*のゴツゴツした山骨《さんこつ》が青紫色に空を劃《くぎ》っていたりする。そうした冬枯の景色の間を、背嚢《はいのう》の革や銃の油の匂、又は煙硝《えんしょう》の匂などを嗅ぎながら、私達は一日中駆けずり廻った。

その夜は漢江の岸の路梁津《ろりょうしん》*の川原に天幕を張ることになった。私達は疲れた足を引きずり、銃の重みを肩のあたりに痛く感じながら、歩きにくい川原の砂の上をザックザックと歩いて行った。露営地へ着いたのは四時頃だったろう。いよいよ天幕を張ろうと用意にかかった時、今まで晴れていた空が急に曇って来たかと思うと、バラバラと大粒な雹《ひょう》が烈しく落ちて来た。ひどく大粒な雹だった。私達は痛さに堪えかねて、まだ張りもしないで砂の上に拡げてあったテントの下へ、我先にともぐり込んだ。その耳許へ、テントの厚い布にあたる雹の音がはげしく鳴った。雹は十分ばかりで止んだ。テントの下から首を出した私達は――その同じテントに七八人、首を突込んでいたのだ。――互いに顔を見合せて一度に笑った。その時、私は趙大煥もやはり同じテントから今、首を抜き出した仲間であることを見出した。が、彼は笑っていなかった。

不安げな蒼《あお》ざめた顔色をして下を向いていた。側に五年生のNというのが立っていて、何かけわしい顔をしながら彼を咎《とが》めているのだ。一同があわててテントの下へもぐり込んだ時、趙が肱《ひじ》でもって、その上級生を突飛ばして、眼鏡を叩き落としたというのらしかった。元来私達の中学校では上級生が甚だしく威張る習慣があった。途《みち》で会った時の敬礼はもとより、その他何事につけても上級生には絶対服従ということになっていた。で、私は、その時も趙が大人《おとな》しくあやまるだろうと思っていた。が、意外にも——あるいは私達がそばで見ていたせいもあるかも知れないが——仲々素直にあやまらないのだ。彼は依固地《いこじ》に黙ったまま突立っているばかりだった。Nは暫《しばら》く趙を憎さげに見下していたが、私達の方に一瞥《いちべつ》をくれると、そのままぐるりと後を向いて立去って了った。

実をいうと、此の時ばかりでなく、趙は前々から上級生に睨《にら》まれていたのだ。第一、趙は彼等に道で逢っても、あまり敬礼をしないという。これは、趙が近眼であるにも拘《かかわ》らず眼鏡を掛けていないという事実に因《よ》ることが多いもののようだった。が、そうでなくても、元来年の割にませていて、彼等上級生達の思い上った行為に対しても時として憫笑を洩らしかねない彼のことだし、それにその頃から荷風の小説を耽読《たんどく》する位で、硬派の彼等から見て、些《いささ》か軟派に過ぎてもいたので、これは上級生達から睨まれるのも当然であったろう。趙自身の話によると、何でも二度ばかり「生意気だ。改めないと殴るぞ。」と云って、おどかされたそうだ。殊《こと》に此の演習の二三日前などは学校裏の崇政殿《すうせいでん》＊という、昔の李《り》王朝＊の宮殿址《あと》の前に引張られて、あわや殴られようとしたのを、折よく其処を生徒監が通りかかったために危く免れたのだという。趙は私にその話をしながら口のまわりには例の嘲笑の表情を浮かべていたが、その時、又、急にまじめになってこんな事を云った。自分は決して彼等を恐れてはいないし、又、殴られることをこわいとも思っていないのだが、それにも拘らず、彼等の前に出ると顫《ふる》える。何を馬鹿なとは思っても、自然に身体が小刻みに顫え出してくるのだが、一体これはどうした事だろう、と其の時彼は真面目な顔をして私に訊ねるのだった。彼は何時も人を小馬鹿にしたような笑いを浮かべ、人から見すかされまいと常に身構えしているくせに、時として、ひょいとこんな正直な所を白状して見せるのだ。もっとも、そういう正直な所をさらけ出して見せたあとでは、必ず、直ぐに今の行為を後悔したような面持《おももち》で、又もとの冷笑的な表情にかえるのではあったが。

　上級生との間に今云ったような経緯《いきさつ》が前からあったので、それで彼も、その時、素直にあやまれなかったのであろう。其の夕方、天幕が張られてからも、彼はなお不安な落著《おちつ》かない面持をしていた。

幾十かの天幕が河原に張られ、内部に藁《わら》などを敷いて用意が出来ると、それぞれ、中で火をおこしはじめた。初めの中は薪《まき》がいぶって、とても中にはいたたまれなかった。やがて、その煙もしずまると、朝から背嚢《はいのう》の中でコチコチに固まった握飯の食事が始まる。それが終ると、一度外へ出て人員点呼。それがすんでから各自の天幕に帰って、砂の上に敷いた藁の上で休むことになる。テントの外に立つ歩哨《ほしよう》は一時間交代で、私の番は暁方《あけがた》の四時から五時までだったから、それまでゆっくり睡眠がとれるわけだった。その同じ天幕の中には私達三年生が五人と（その中には趙も交っていた。）それに監督の意味で二人の四年生が加わっていた。誰も初めの中は仲々寝そうにもなかった。真中に砂を掘って拵《こしら》えた急製の炉《ろ》を囲み、火影に赤々と顔を火照《ほて》らせ、それでも外からと、下からと沁《し》みこんでくる寒さに外套《がいとう》の襟《えり》を立てて頸《くび》を縮めながら、私達は他愛もない雑談に耽《ふけ》った。その日、私達の教練《きようれん》の教官、万年少尉殿が危く落馬しかけた話や、行軍の途中民家の裏庭に踏入って、其の家の農夫達と喧嘩したことや、斥候《せつこう》に出た四年生がずらかって、秘かに懐中にして来たポケット・ウイスキイの壜《びん》を傾け、帰ってから、いい加減な報告をした、などという詰まらない自慢話や、そんな話をしている中に、結局何時の間にか、少年らしい、今から考えれば実にあどけない猥談《わいだん》に移って行った。やはり一年の年長である四年生が主にそういう話題の提供者だった。私達は目を輝かせて、経験談かそれとも彼等の想像か分らない上級生の話に聞き入り、ほんの詰まらない事にもドッと娯《たの》しげな歓声をあげた。ただ、その中で趙大煥一人は大して面白くもなさそうな顔付をして黙っていた。趙とても、こういう種類の話に興味が持てないわけではない。ただ、彼は、上級生の一寸《ちょっと》した冗談をさも面白そうに笑ったりする私達の態度の中に「卑屈な追従《ついしょう》」を見出して、それを苦々しく思っているに違いないのだ。

話にも飽き、昼間の疲れも出てくると、めいめい寒さを防ぐために互いに身体をくっつけあいながら藁の上に横になった。私も横になったまま、毛のシャツを三枚と、その上にジャケツと上衣と外套とを重ねた上からもなおひしひしと迫ってくる寒さに暫く顫えていたが、それでも何時の間にかうとうとと睡《ねむ》って了ったものと見える。ひょいと何か高い声を聞いたように思って、眼を覚ましたのは、それから二三時間もたった後だろうか。その途端に私は何かしら悪いことが起ったような感じがして、じっと聞耳を立てると、テントの外から、又、妙に疳高《かんだか》い声が響いて来た。その声がどうやら趙大煥らしいのだ。私ははっと思って、宵に自分の隣に寐《ね》ていた彼の姿をもとめた。趙はそこにいなかった。恐らくは歩哨の時間が来たので外へ出ているのだろう。が、あの、妙におびやかされた声は？　と、その時、今度はハッキリと顫えを帯びた彼の声が布一枚隔てた外から聞えてきた。

――そんなに悪いとは思わんです。

――なに？　悪いと思わん？――と今度は別の太い声がのしかかるように響いた。

――生意気だぞ。貴様！

それと共に、明らかにピシャリと平手打の音が、そして次に銃が砂の上に倒れるらしい音と、更にまた激しく身体を突いたような鈍い音が二三度、それに続いて聞えた。私は咄嗟《とっさ》に凡《すべ》てを諒解《りょうかい》した。私には悪い予感があったのだ。ふだんから憎まれている趙のことではあり、それに昼間のような出来事があったりしたので、或いは今夜のような機会にやられるのではないかと、宵の中から私はそんな気がしていた。それが今、ほんとうに行われたらしいのだ。私は天幕《テント》の中で身を起したが、どうする訳にも行かず、ただ胸をとどろかしたまま、暫くじっと外の様子を窺《うかが》っていた。（外《ほか》の友人達は皆よく眠っていた。）やがて外は、二三人の立去る気配がしたあとはしいんとした静けさにもどった。私は身仕舞をして、そっと天幕を出て見た。外は思いがけなく真白な月夜だった。そうしてテントから二間《けん》ほど離れた所に、月に照らされた真白な砂原の上に、ポツンと黒く、小さな犬か何かのように一人の少年がしゃがんだまま、じっと顔を俯《ふ》せて動かないでいる。銃は側の砂の上に倒れ、その剣尖《けんさき》がきらきらと月に光っていた。私は傍に行って彼を見下したまま「Nか？」と訊ねた。Nというのは昼間彼といさかいをした五年生の名前だった。趙は、しかし、下を向いたまま、それに答えなかった。しばらくして、突然、ワッという声を立てて身体を冷たい砂の上に投出すと、背中をふるわせながら、おうおうと声をあげて赤ん坊のように泣き始めた。私はびっくりした。十米《メートル》ほど距《へだ》てて、隣の天幕の歩哨も見ているのだ。が、趙の、この、平生に似ない真率《しんそつ》な慟哭《どうこく》が私を動かした。私は彼を扶《たす》け起そうとした。彼は仲々起きなかった。やっと抱起すと、他の天幕の歩哨達に見られたくない心遣いから、彼を引張って流れの近くへ連れて行った。十八九日あたりの月がラグビイの球に似た恰好をして寒空に冴《さ》えていた。真白な砂原の上には三角形の天幕がずらりと立並び、その天幕の外には、いずれも七八つずつ銃剣が組合わされて立っている。歩哨達は真白な息を吐きながら、冷たそうに銃の台尻《だいじり》を支えて立っている。私達はそれらの天幕の群から離れて漢江の本流の方へと歩いて行った。気がついて見ると、私は何時の間にか趙の銃を（砂の上に倒れていたのを拾って）彼の代りに担《にな》っていた。趙は手袋をはめた両手をだらりと垂らして下を向いて歩いて行ったが、その時、ポツンと——やはり顔を俯せたままで、こんなことを言出した。彼はまだ泣いていたので、その声も嗚《お》咽《えつ》のために時々とぎれるのであったが。彼は言った。あたかも私を咎《とが》めるような調子で。

――どういうことなんだろうなあ。一体、強いとか、弱いとか、いうことは。――言葉があまり簡単なため、彼の言おうとしていることがハッキリ解らなかったが、その調子が私を打った。ふだんの彼らしい所は微塵《みじん》も出ていなかった。

――俺はね、（と、そこで一度彼は子供のように泣きじゃくって）俺はね、あんな奴等に殴られたって、殴られることなんか負けたとは思いやしないんだよ。ほんとうに。それなのに、やっぱり（ここでもう一度すすり上げて）やっぱり俺はくやしいんだ。それで、くやしいくせに向って行けないんだ。怖《こわ》くって向って行けないんだ。――

ここ迄言って言葉を切った時、私は、ここで彼がもう一度大声で泣出すのではないかと思った。それ程声の調子が迫っていた。が、彼は泣出さなかった。私は彼のために適当な慰めの言葉が見付からないのを残念に思いながら、黙って、砂の上に黒々と映った私達の影を見て歩いて行った。全く、小学校の庭で私と取組み合った時以来、彼は弱虫だった。

――強いとか、弱いとかって、どういうことなんだろう……なあ。全く。――と、その時、彼はもう一度その言葉を繰返した。私達はいつの間にか漢江の本流の岸まで来ていた。岸に近い所は、もう一帯に薄い氷が張りつめ、中流の、汪洋《おうよう》と流れている部分にも、かなりな大きさの氷の塊がいくつか漂っていた。水の現れている所は美しく月に輝いているけれども、氷の張っている部分は、月の光が磨硝子《すりガラス》のように消されて了っている。もう、ここ一週間の中にはすっかり氷結して了うだろう、などと考えながら水面を眺めていた私は、その時、ひょいと彼の先刻《さっき》言った言葉を思い出し、その隠れた意味を発見したように思って、愕然《がくぜん》とした。「強いとか弱いとかって、一体どういうことだろうなあ」という趙の言葉は——と、その時私はハッと気が付いたように思った——ただ現在の彼一個の場合についての感慨ばかりではないのではなかろうか、と其の時、私はそう思ったのだ。勿論、今から考えて見ると、これは私の思いすごしであったかも知れない。早熟とはいえ、たかが中学三年生の言葉に、そんな意味まで考えようとしたのは、どうやら彼を買被《かいかぶ》りすぎていたようにも思える。が、常々自分の生れのことなどを気にしないように見せながら、実は非常に気にしていた趙のことではあり、又、上級生に苛《いじ》められる理由の一部をもその点に自《みず》ら帰していたらしい彼を、よく知っていた私であったから、私がその時そんな風に考えたのも、あながち無理ではなかったのだ。そう考えて、さて、自分と並んだ趙のしおれた姿を見ると、そうでなくても慰めの言葉に窮していた私は、更に何と言葉をかけていいやら解らなくなり、ただ黙って水面を眺めるばかりだった。が、それでも私は何かしら心の中で嬉しかった。あの皮肉屋の、気取屋の趙が、いつもの外出《よそ》行きをすっかり脱いで——前にも言ったように、これ迄にも時として、そういう事もないではなかったが、今夜のような正直な激しさで私を驚かせたことはなかった。——裸の、弱虫の、そして内地人ではない、半島人の、彼を見せてくれたことが、私に満足を与えたのだった。私達はそうして暫く寒い河原に立ったまま、月に照らされた、対岸の龍山から毒村県《とくそんけん》*や清涼里《せいりょうり》*へかけての白々とした夜景を眺めていた。…………

此の露営の夜の出来事のほかには、彼について思い出すことといっては別に無い。というのは、それから間もなく（まだ私達が四年にならない前に）彼は突然、全く突然、私にさえ一言の予告も与えないで、学校から姿を消して了ったからだ。いうまでもなく、私はすぐに彼の家へたずねて見た。彼の家族は勿論そこにいた。ただ彼だけがいないのだ。支那《しな》の方へ一寸《ちょっと》行ったから、という彼の父親の不完全な日本語の返事の外には、何の手掛りも得られなかった。私は全く腹を立てた。前に何とか一言ぐらい挨拶があってもいい筈なのだ。私は、彼の失踪《しっそう》の原因を色々と考えて見ようとしたが、無駄だった。あの露営の晩の出来事が直接の動機となったのだろうか。あのことだけで、学校を廃《や》めるほどの理由になろうとも思えなかったが、やはり幾分は関係があるような気もした。そう考えると、いよいよ、例の、彼の言った「強い、弱い」云々《うんぬん》の言葉が意味のあるものに思われてくるのだった。

　やがて、彼に関する色々な噂《うわさ》が伝わって来た。彼がある種の運動の*一味に加わって活躍しているという噂を一しきり私は聞いた。次には、彼が上海《しゃんはい》に行って身を持崩しているというような話も――これはやや後になってではあるが――聞いた。その何《いず》れもがあり得ることに思えたし、又同時に、両方とも根の無いことのように考えられもした。斯《こ》うして、中学を終えると直ぐに東京へ出て了った私は、其の後、杳《よう》として彼の消息を聞かないのだ。

六

　虎狩の話をするなどと称しながら、どうやら少し先走りしすぎたようだ。さて、ここらで、愈々《いよいよ》本題に戻らねばならぬ。で、この虎狩の話というのは、前にも述べたように、趙が行方をくらます二年程前の正月、つまり私と趙とが、例の、目の切れの長く美しい小学校の時の副級長を忘れるともなく次第に忘れて行こうとしていた頃のことだ。

　ある日学校が終って、いつもの様に趙と二人で電車の停留所まで来ると、彼は私に、いい話があるから次の停留所まで歩こうと言った。そうして、その時、歩きながら、私に虎狩に行きたくないかと言い出した。今度の土曜日に彼の父親が虎狩に行くのだが、その折、彼も連れて行って貰うことになっているという。で、私なら、かねて名前も言ってあるので、彼の父親も許すに違いないから、一緒に行こうじゃないか、というのだ。私は、虎狩などということは今迄まるで考えて見たことがなかっただけに、その時暫《しばら》く、驚いたような、彼の言葉が真実であるかどうかを疑うような眼付で彼を見返したものらしい。まったく、虎などという代物が、動物園か子供雑誌の挿絵以外に、自分の間近に、現実に——しかも自分が承知しさえすれば、ここ三四日の中に——現れてこようなどとは、それこそ夢にも考えられなかったからだ。で、私は先ず、彼が私をかつごうとしているのではないことを、再三、——彼がやや機嫌を悪くしたくらい——確かめてから、さて、其の場所や、同勢や費用などを尋ねたのだった。そうして、その揚句《あげく》、彼の父親が承知したら、——というよりも、是非頼むから、無理にも連れて行って貰いたいと、私が言出したのは言うまでもない。趙の父親は元来昔からの家柄の紳士で、韓国時代*には相当な官吏をしていたものらしい。そうして、職を辞した今も、いわゆる両班《ヤンバン》*で、その経済的に豊かなことは息子の服装からでも分った。ただ趙は——自分の家庭での半島人としての生活を見られたくなかったのであろう——自分の家へ遊びに来られるのを嫌ったので、私はついぞ彼の家へ——その所在は知っていたが、行ったことはなく、従って彼の父親も知らなかった。何でも虎狩へは殆ど毎年行くのだそうだが、趙大煥が連れて行かれるのは今年が始めてなのだという。だから、彼も興奮していた。その日、二人は電車を降りて別れるまで、この冒険の予想を、殊《こと》に、どの程度まで自分達は危険に曝《さら》されるであろうかという点について色々と語り合った。さて、彼に別れて家に帰り、父母の顔を見てから、私は迂闊《うかつ》にも、始めて、此の冒険の最初に横たわる非常な障碍《しょうがい》を発見しなければならなかった。如何《いか》にすれば私は両親の許可を得ることが出来ようか？　困難はまず其処《そこ》にあった。元来、私の家では、父などは自ら常に日鮮融和*などということを口にしていたくせに、私が趙と親しくしているのを余り喜んでいなかった。まして虎狩などという危険な所へ、そういう友達と一緒にやるなどとは、頭から許さないにきまっている。色々考えあぐんだ末、私は次の様な手段をとろうと決心した。中学校の近所の西大門*に、私の親戚——私の従姉の嫁いでいる先——がある。土曜日の午後、そこへ遊びに行くと称して家を出て、その時、ひょっとしたら今晩は泊ってくるかも知れない、と言って置く。私の家にもその親戚の家にも電話はなかったし——少くとも、之でその晩だけは完全にごまかせる訳だ。勿論、後になってばれるにはきまっているが、その時はどんなに叱られたっていい。とにかく其の晩だけ何とかごまかして行ってしまおうと、私は考えた。珍しい貴い経験を得るためには親の叱言《こごと》ぐらいは意に介しない底の小享楽家だったのである。

その翌朝、学校へ行って、趙に、彼の父親が承諾を与えたかと聞くと、彼は怒ったような顔付で「あたりまえさ」と答えた。その日から私達は課業のことなどまるで耳にはいらなかった。趙は私に彼が父親から聞いた色々な話をして聞かせた。虎は夜でなければ餌をあさりに出掛けないこと、豹は木に登れるけれども虎は登れないこと、私達が行こうとしている所は、虎ばかりでなく豹も出るかも知れないということ、その他、銃はレミントンを使うのだとか、ウィンチェスタアにするのだとか、あたかも自分がとっくの昔から知ってでもいたかのような調子で、種々の予備智識を与えるのだった。私もふだんなら「何だ、又聞《またぎき》のくせに」と一矢酬《むく》いる所なのだが、何しろ其の冒険の予想で夢中に喜ばされていた際なので、嬉しがって彼の知ったかぶりを傾聴した。

金曜日の放課後、私は一人で（これは趙にも内緒で）昌慶苑《しょうけいえん》*に行った。昌慶苑というのは昔の李王の御苑《ぎょえん》で、今は動物園になっている所だ。私は虎の檻《おり》の前に行って、佇《たたず》んだ。スティイムの通っている檻の中で私から一米と隔たらない距離に、虎は前肢を行儀よく揃えて横たわり、眼を細くしていた。眠っているのではないらしいが、側に近づいた私の方には一顧だに呉《く》れようとしない。私は出来るだけ彼に近づいて、仔細に観察した。確かに仔牛《こうし》ぐらいはありそうな盛上った背中の肉付。背中は濃く、腹部に向うに従って、うすくなっている、その黄色の地色を、鮮かに染抜いて流れる黒の縞。目の上や、耳の尖端《せんたん》に生えている白毛。身体にふさわしい大きさで頑丈に作られたその頭と顎。それにはライオンに見られるような装飾風な馬鹿馬鹿しい大きさはなく、如何にも実用向きな獰猛《どうもう》さが感じられた。このような獣が、やがて山の中で私の眼の前に躍り出してくるのだと思うと、自然に胸がどきどきして来るのを禁ずることが出来なかった。暫く観察していた私は今まで気がつかないでいた事を発見した。それは、虎の頬と顎の下が白いということだ。それから又、彼の鼻の頭が真黒で、猫のそれのように如何にも柔かそうで、一寸手を伸ばしていじって見たいように出来ていることも私を喜ばせた。私はそれらの発見に満足して立去ろうとした。が、私が此処に佇んでいた小一時間の間、この獣は私に一瞥《いちべつ》さえ与えなかったのだ。私は侮辱を受けたような気がして、最後に、獣の唸《うな》るような声を立てて、彼の注意を惹こうと試みた。併し無駄だった。彼は、その細く閉じた眼をあけようとさえしなかった。

いよいよ土曜日になった。四時間目の数学が終るのを待ちかねて、私は急いで家に帰った。そうして昼飯をすますと、いつもより二枚余計にシャツを着込み、頭巾《ずきん》やら耳当《みみあて》やら防寒の用意を充分にととのえてから、かねての計画どおり「親戚の家に泊ってくるかも知れぬ」と言って表へ出た。四時の汽車には少し早過ぎたけれども、家にじっと待っていられなかったのだ。約束の南大門駅の一、二等待合室に行って見ると、だが、もう趙は来ていた。いつもの制服ではなく、スキイ服のような、上から下まで黒ずくめの暖かそうな身軽ななりをしている。彼の父親と、その友人もじきに来る筈だという。二人がしばらく話をしている中に、待合室の入口に、猟服にゲートルを巻き、大きな猟銃を肩に掛けた二人の紳士が現れた。それを見ると、趙は此方《こちら》から一寸《ちょっと》手を挙げ、彼等がそばへ来た時に、その背の高い、髭《ひげ》のない方に向って、私を「中山君」と紹介した。それが初めて見る彼の父親だった。五十には少し間のありそうな、立派な体格の、血色のいい、息子に似て眼の細い小父《おじ》さんだった。私が黙って頭を下げると、先方は微笑で以て之に応《こた》えた。口をきかなかったのは、息子の趙が前以て言っていたように、日本語があまり達者でないために違いない。もう一人の、茶色の髭を伸ばした、これは一見して内地人ではないと解る方の男にも私は一寸頭を下げた。その男も黙ったまま之に応じ、趙の朝鮮語での説明を聞きながら、私の顔を見下して微笑した。
発車は丁度四時。一行は私をいれて四人の他に、もう一人、これはどちらの下僕か知らないが、主人達の防寒具やら食糧やら弾薬やらを荷《にな》った男がついて来ていた。汽車に乗ってからも、並んで席を取った趙と私とは二人きりで話しつづけ、大人達とは殆ど口を交えなかった。趙は私の前であまり朝鮮語を使うのを好まないようであった。時々向い側から与えられる父親の注意らしい言葉にも極く簡単に返事するだけだった。

冬の日は汽車の中ですっかり暮れてしまった。鉄道が山地にはいるに従って、窓の外に雪の積っているらしいのが分った。汽車が目的の駅――それは沙里院*の手前の何とかいう駅だと思うのだが、それが、今どうしても思い出せない。一つ一つの情景などは実にはっきり憶えているのだが、妙なことに、肝腎《かんじん》の駅の名前は、ど忘れして了っているのだ。――に着いた時は、もう七時を廻っていた。燈火《とうか》の暗い、低い木造の、小さな駅の前におり立った時、黒い空から雪の上を撫《な》でてくる風が、思わず私達の頸《くび》をちぢめさせた。駅の前にも一向人家らしいものはない。吹晒《ふきさら》しの野原の向うに、月のない星空を黒々と山らしいものの影が聳《そび》えているだけだ。一本道を二三町も行った所で、私達は右手にポツンと一軒立っていた低い朝鮮家屋の前に立止った。戸を叩くと、直ぐに中から開いて、黄色い光が雪の上に流れた。みんながはいったので、私も低い入口から背をこごめて這入《はい》った。家の中は全部油紙を敷詰めた温突《オンドル》*になっていて、急に温い気がむっと襲った。中には七八人の朝鮮人が煙草を吸いながら話し合っていたが、此方を向くと一斉に挨拶をした。と、その中から、此の家の主人らしい赤髯《あかひげ》の男が出て来て、暫く趙の父親と何やら話をしてから、奥へ引込んだ。話は前からしてあったと見えて、やがてお茶を一杯飲むと、二人の本職の猟師と、五六人の勢子《せこ》が――猟師と勢子とは同じような恰好をしていて、見分け難いのだが、私は趙の注意によって、彼等の持っている銃の大小でそれを区別することが出来た――私達について表へ出た。表には犬も四匹ほど待っていた。

雪明りの狭い田舎道を半里ばかり行くと、道は漸《ようや》く山にさしかかって来る。疎林の間を、まだ新しい雪を藁靴《わらぐつ》でキュッキュッと踏みしめながら勢子達が真先に登って行く。その前になったり後になったりしながら、犬が――雪明りで毛色ははっきり判らないが、あまり大型でない――脇道をしては、方々の木の根や岩角の匂を嗅ぎ嗅ぎ小走りに走って行く。私達はそれから少し遅れて一かたまりになり、彼等の足跡の上を踏んで行く。今にも横から虎がとび出してきはしまいか、後からかかって来たらどうしよう、などと胸をどきどきさせながら、私は、もう趙とも余り話をせずに黙って歩き続けた。上るに従って道は次第にひどくなる。しまいには、道がなくなって、尖《とが》った木の根や、突出た岩角を越えて上って行くのだ。寒さはひどい。鼻の中が凍って、突張ってくる。頭巾をかぶり耳には毛皮を当てているのだが、やはり耳がちぎれそうに痛む。風が時々樹梢を鳴らす度に一々はっとする。見上げると、疎《まば》らな裸木の枝の間から星が鮮かに光っている。こうした山道が凡《およ》そ三時間も続いたろうか。小山程の大きな巖《いわお》の根を一廻りして、もう可成《かなり》疲れた私達は、其の時、林の中の一寸した空地に出て来た。すると、私達より少し前に其処に着いていた勢子達が、私達の姿を見て、手を挙げて合図をするのだ。みんなはそちらへ駆出した。私もハッとして、おくれずに走って行った。彼等の一人の指す所を見ると、成程、雪の上にはっきりと、直径七八寸もありそうな、猫のそれにそっくりな足跡が印《しる》されている。そして其の足跡は少しずつ間隔をおいて、私達の来た方角とは直角に空地を横ぎって、林から林へと続いている。しかも、勢子達の一人の言葉を趙が翻訳してくれた所によると、此の足跡はまだ非常に新しいというのだ。趙も私も極度の昂奮と恐怖のために口も利《き》けなくなって了った。一行はしばらく其の足跡について、木立の中を、前後に怠りなく注意を配りながら進んで行った。まもなく其の足跡が林間のもう一つの空地へ導いて行った時、私達はその林のはずれに、多くの裸木に交った二本の松の大木を見つけた。案内人達はしばらくその両方を見比べていたが、やがて、そのくねくね曲った方の一方に攀《よ》じのぼると、背中に負って来た棒や板や蓆《むしろ》などを、その枝と枝との間に打付けて、忽《たちま》ち其処に即製の桟敷《さじき》をこしらえ上げて了った。地面から四米ぐらいの高さだったろう。その中へ藁を敷詰めて、そこで私達は待つのだ。虎は往きに通った途《みち》を必ず帰りにも通るという。だから、その松の枝の間にそうして待っていて虎の帰りを迎え撃とうというのだ。三本の曲った太い枝の間に張られた其の藁敷の桟敷は案外広くて、前に言った私達四人の他に、二人の猟師もそこへはいることが出来た。私はそこへ上った時、もう、少くとも後から跳びかかられる心配はなくなったと考えて、ほっとした。私達が上ってしまうと、勢子達は犬を連れ、各々銃を肩に、松明《たいまつ》の用意をして、何処か林の奥に消えて了った。

時は次第に経《た》つ。雪の白さで土地の上はかなり明るく見える。私達の眼の下は五十坪ほどの空地で、その周囲にはずっと疎らな林が続いている。葉の落ちていないのは、私達ののぼっている木と、その隣の松の外には余り見当らないようだ。その裸木の幹が白い地上に黒々と交錯して見える。時々大きな風が吹いてくると林は一時に鳴りざわめき、やがて風が去るにつれて、その音も海の遠鳴のように次第にかすかになって、寒い空の何処かへ消えて行ってしまう。松の枝と葉の間から見上げる星の光は私達を威しつけるように鋭い。

　そうした見張をしばらく続けている中に、先程の恐怖は大分失《な》くなって行った。が、そのかわり今度は寒気が容赦なく押寄せて来た。毛の靴下をはいた足の先から、冷たさとも痛さともつかない感覚が次第に上ってくる。大人達は大人達でしきりに話を交しているが、私には時々聞えてくる虎（ホランイ）という言葉の他はまるで解らない。私も、無理にも元気をつけようと、キャラメルを頬張って、ふるえながら趙と話を始めた。趙は私に、先年此の近所で虎に襲われた朝鮮人の話をした。虎の前肢の一撃でその男の頭から顎へかけて顔の半分が抉《えぐ》ったように削《そ》ぎとられて了ったそうである。明らかに父親からの受売に違いない此の話を、趙はまるで自分が眼の前で見て来たことのように昂奮して語った。その調子は、あたかも彼が、そんな惨劇の今にも目の前で行われるのを切望しているかのようだった。そして実は私もその話を聞きながら、自分に危険のない範囲で、そのような出来事が起ればいい、というような期待をひそかに抱いたのであった。

　が、二時間待っても、三時間待っても、一向虎らしいものの気配も見えぬ。もう二時間もすれば夜が明けてくるだろう。趙の父親の話によると、こうやって虎狩に来ても、いきなり新しい足跡を見付けるなんぞというのは余程運がいい方で、大抵は二三日麓《ふもと》の農家に滞在させられるということだから、これはことによると、今晩は出て来ないのではないかな。そうすると、学校や家の都合で逗留《とうりゅう》できない私は、何にも見ないで帰らなければならないことになる。そうなったら、趙は一体どうするだろう。父親と一緒に虎が出てくるまで此処《ここ》へ何日でも残るつもりだろうか。自分一人で帰るのは詰まらないな。…………そんな事を考え出すと、宵の中《うち》からの緊張も次第に弛《ゆる》んで来る。

　趙はその時、持って来た鞄《かばん》の中からバナナを一房取出して私にも分けてくれた。その冷たいバナナを喰べながら、私は妙な事を考えついた。今から思うと、実に笑い話だけれど、其の時私はまじめになって、此のバナナの皮を下へ撒《ま》いておいて、虎を滑らしてやろうと考えたのだ。勿論私とても、屹度《きっと》虎がバナナの皮で滑って、そのためにたやすく撃たれるに違いないと確信したわけではなかったが、しかし、そんな事も全然あり得ないことではなかろう位の期待を持った。そして喰べただけのバナナの皮は、なるたけ遠く、虎が通るに違いないと思われた方へ投棄てた。さすがに笑われると思ったので、此の考えは趙にも黙ってはいたが。

　さて、バナナは失《な》くなったが、虎は仲々出て来ぬ。期待の外れた失望と、緊張の弛《し》緩《かん》とから、私はやや睡気《ねむけ》を催しはじめた。寒い風に顫《ふる》えながら、それでも私はコクリコクリやりかけた。そうすると、趙一人おいて向うにいた趙の父親が私の肩先を軽く叩いて、覚束《おぼつか》ない日本語で、笑いながら、「虎よりも風邪の方がこわいよ」と注意してくれた。私はすぐに微笑を以て、その注意に応《こた》えた。が、また間もなく、ウトウトやって了ったものらしい。そうして、それから、どの位時が経ったものか。私は夢の中で、さっき趙に聞いた話の、朝鮮人が虎に襲われている所を見ていたようだった。

……………

さて、それが、どのようにして起ったか。私は不覚にもそれを知らない。ただ、鋭い恐怖の叫びに耳を貫かれてハッと我にかえった時、私は見た。すぐ眼の下に、私達の松の枝から三十米《メートル》とへだたらない所に、夢の中のそれとそっくりな光景を見た。一匹の黒黄色の獣が私達にその側面を見せて雪の上に腰を低くして立っている。そして其の前には、それから三四間程の間をおいて、一人の勢子らしい男が、側に銃をほうり出し、両手を後につき、足を前方に出したまま躄《いざり》のような恰好で倒れて、眼だけ放心したように虎の方を見据《みす》えている。虎は——普通想像されるように、足をちぢめ揃えて、跳びかかるような姿勢ではなくて——猫がものにじゃれる時のように、右の前肢をあげて、チョッカイを出すような様子で、前に進み出そうとしている。私はハッとしながらも、まだ夢の続きでもあるような気で、眼をこすって、もう一度よく見なおそうとした。と、その時だ。私の耳許《みみもと》からバンと烈しい銃声が起り、更にバン・バン・バンと矢継早に三つの銃声がそれに続いた。鋭い烟硝《えんしょう》の匂が急に鼻を衝《つ》いた。前へ進みかけた虎は、そのまま大きく口をあけて吼《たけ》りながら後肢で一寸立上ったが、直ぐに、どうと倒れて了った。それが、――私が眼を覚ましてから、銃声が響き、虎が立上って、又倒れるまでが、僅々《きんきん》十秒位の間の出来事であったろう。私はただ呆気《あっけ》に取られて、遠くのフィルムでも見ているような気持で、ぼうっとして眺めていた。

すぐに大人達は木から下りて行った。私達もそれについて下りた。雪の上では、獣もその前に倒れている人間も共に動かない。私達ははじめ棒の先で、倒れている虎の身体をつついて見た。動く気色もないので、やっと安心して、皆その死骸に近寄った。その近所は一面に雪の上を新しい血が真赤に染めていた。顔を横に向けて倒れている虎の長さは、胴だけで五尺以上はあったろう。もう其の時は、空も次第に明けかけて、周囲の木々の梢の色もうっすらと見分けられる頃だったから、雪の上に投出された黄色に黒の縞《しま》は、何とも言えず美しかった。ただ背中のあたりの、思ったより黒いのが私を意外に思わせた。私と趙とは互いに顔を見合せて、ホッと吐息をつき、もはや危険がないとは知りつつも、まだビクビクしながら、今の今までどんな厚い皮でもたちどころに引裂くことの出来たその鋭い爪や、飼猫のそれとまるで同じな白い口髭《くちひげ》などに、そっとさわって見たりした。

一方、倒れている人間の方はどうかというと、これはただ恐怖のあまり気を失っただけで、少しの怪我《けが》もなかった。あとで聞くと、此《こ》の男はやはり勢子の一人で、虎を尋ねあぐんで私達の所へ帰って来たのだが、あの空地の所で一寸小用を足している時に、ひょいと横合から虎が出て来たのだという。

私を驚かせたのはその時の趙大煥の態度だった。彼は、その気を失って倒れている男の所へ来ると、足で荒々しく其の身体を蹴返して見ながら私に言うのだ。

――チョッ！　怪我もしていない――

それが決して冗談に言っているのではなく、いかにも此の男の無事なのを口惜《くちお》しがる、つまり自分が前から期待していたような惨劇の犠牲者にならなかったことを憤っているように響くのだ。そして側で見ている彼の父親も、息子がその勢子を足でなぶるのを止めようともしない。ふと私は、彼等の中を流れている此の地の豪族の血を見たように思った。そして趙大煥が気絶した男をいまいましそうに見下している、その眼と眼の間あたりに漂っている刻薄《こくはく》な表情を眺めながら、私は、いつか講談か何かで読んだことのある「終りを全うしない相」とは、こういうのを指すのではないか、と考えたことだった。

やがて、他の勢子達も銃声を聞いて集って来た。彼等は虎の四肢を二本ずつ縛り上げ、それに太い棒を通し、さかさに吊して、もう明るくなった山道を下りて行った。停留場まで下りて来た私達は一休みして後——虎はあとから貨物で運ぶことにして——すぐに其の午前の汽車で京城に帰った。期待に比べて結末があまりに簡単に終ってしまったのが物足りなかったけれども——殊に、うとうとしていて、虎の出て来る所を見損ったのが残念だったが、とにかく私は自分が一かどの冒険をしたのだ、という考えに満足して家にもどった。

一週間ほどして、西大門の親戚の所からして、私の嘘がばれた時、父から大眼玉を喰ったことは云うまでもない。

七

さて、これでやっと虎狩の話を終ったわけだ。で、此《こ》の虎狩から二年程経《た》って、例の発火演習の夜から間もなく、彼が私達友人の間から黙って姿を消して了《しま》ったのは、前に言ったとおりだ。そうして、それからここに十五六年、まるで彼とは逢わないのだ。いや、そう云うと嘘になる。実は私は彼に逢ったのだ。しかも、それがつい此の間のことだ。だからこそ、私もこんな話を始める気になったのだが、併《しか》し、その逢い方というのが頗《すこぶ》る奇妙なもので、果して、逢ったといえるか、どうか。その次第というのはこうだ。

三日程前の午過《ひるす》ぎ、友人に頼まれた或る本を探すために、本郷通りの古本屋を一通り漁《あさ》った私は、かなり眼の疲れを覚えながら、赤門前から三丁目の方へ向って歩いていた。丁度昼休みの時間なので、大学生や高等学校の生徒や、その他の学生達の列が、通り一杯に溢れていた。私が三丁目の近くの、藪《やぶ》そばへ曲る横丁の所まで来た時、その人通りの波の中に、一人の背の高い——その群集の間から一際、頭だけ抜出ているように見えた位だから、余程高かったに違いない——痩せた三十恰好の、ロイド眼鏡を掛けた男の、じっと突立っているのが、私の目を惹《ひ》いた。其《そ》の男は背が人並外れて高かったばかりではなく、その風采《ふうさい》が、また著しく人目を惹くに足るものだった。古い羊羹色《ようかんいろ》の縁の、ペロリと垂れた中折を阿弥陀《あみだ》にかぶった*下に、大きなロイド眼鏡——それも片方の弦《つる》が無くて、紐《ひも》がその代用をしている——を光らせ、汚点《しみ》だらけの詰襟服はボタンが二つも取れている。薄汚ない長い顔には、白く乾いた脣のまわりに疎《まば》らな無精髭《ぶしょうひげ》がしょぼしょぼ生えて、それが間の抜けた表情を与えてはいるが、しかし、又、其の、間の迫った眉のあたりには、何かしら油断の出来ない感じをさせるものがあるようだ。いって見れば、田舎者の顔と、掏摸《すり》の顔とを一緒にしたような顔付だ。歩いて来た私は、五六間も先から、すでに、群集の中に、この長すぎる身体をもてあましているような異様な風体の男を発見して、それに眼を注いでいた。すると、向うもどうやら私の方を見ていたらしかったが、私がその一間ほど手前に来た時、その男の、心持しかめていた眉の間から、何か一寸《ちよつと》した表情の和《やわ》らぎといった風のものがあらわれた。そして、その、目に見えない位の微《かす》かな和らぎが忽ち顔中に拡がったと思うと、急に彼の眼が(勿論、微笑一つしないのだが)私に向って、あたかも旧知を認める時のように、うなずいて見せたのだ。私はびっくりした。そうして、前後を見廻して、そのウインクが私に向って発せられたものであることを確かめると、私は私の記憶の隅々《すみずみ》を大急ぎで探しはじめた。その間も、一方、眼の方は相手からそらさずに怪訝《けげん》そうな凝視を続けていたのだが、その中に、私の心のすみっこに、ハッキリとは解らないが何か非常に長い間忘れていたようなあるものが見付かったような気がした。そして、その会《え》体《たい》の知れない或る感じが見る見る拡がって行った時、私の眼は既に、彼の眼差《まなざし》に答えるための会釈《えしやく》をしていたのだ。その時にはもう私には、此の男が自分の旧知の一人であることは確かだった。ただそれが誰であったかが疑問として残ったに過ぎない。

相手は此方《こちら》の会釈を見ると、此方も向うを思い出したものと思ったらしく、私の方へ歩み寄って来た。が、別に話をするでもなく、笑顔を見せるでもなく、黙って私と並んで、自分の今来た道を逆に歩き出した。私も亦《また》黙ったまま、彼が誰であるかを、しきりに思い出そうと努めていた。

五六歩あるいた時、その男は私に嗄《しわが》れた声で、——私の記憶の中には、どこにも、その様な声はなかった——「煙草を一本くれ」と言い出した。私はポケットを探して、半分程空になったバットの箱を彼の前に差出した。彼はそれを受取り、片方の手を自分のポケットに突込んだかと思うと、急に妙な顔をして、そのバットの箱を眺め、それから私の顔を見た。暫《しばら》くそうして馬鹿のような顔をして、バットと私とを見比べた後、彼は黙って、私が与えたバットの箱をそのまま私に返そうとした。私は黙ってそれを受取りながらも、何だか狐につままれたような腑《ふ》に落ちない気持と、又、一寸、馬鹿にされたような腹立たしさの交った気持で、彼の顔を見上げた。すると、彼は、その時初めて、薄笑いらしいものを口の端に浮かべて斯《こ》う独り言のように言った。

——言葉で記憶していると、よくこんな間違をする。——

勿論、私には何の事か、のみこめなかった。が、今度は彼は、極めて興味ある事柄を話すような、勢《いきおい》こんだせかせかした調子で、その説明を始めた。

それによると、彼が私からバットを受取って、さて、燐寸《マッチ》を取出すために右手をポケットに入れた時、彼はそこに矢張《やは》り同じ煙草の箱を探りあてたのだという。その時に、彼はハッとして、自分の求めていたものが煙草でなくて燐寸であったことに気がついた。そこで彼は、自分が何故、この馬鹿馬鹿しい間違いをしたかを考えて見た。単なる思い違いと云ってしまえば、それまでだが、それならば、其の思い違いは何処から来たか。それを色々考えた末、彼はこう結論したのだ。つまり、それは、彼の記憶が悉《ことごと》く言葉によったためであると。彼ははじめ自分に燐寸がないのを発見した時、誰かに逢ったら燐寸を貰おうと考え、その考えを言葉として、「自分は他人《ひと》から燐寸を貰わねばならぬ」という言葉として、記憶の中にとって置いた。燐寸がほんとうに欲しいという実際的な要求の気持として、全身的要求の感覚――へんな言葉だが、此の場合こう云えば、よく解るだろう、と、彼はその時、そう附加えた。――として記憶の中に保存して置かなかった。これがあの間違いのもとなのだ。感覚とか感情ならば、うすれることはあっても混同することはないのだが、言葉や文字の記憶は正確なかわりに、どうかすると、とんでもない別の物に化けていることがある。彼の記憶の中の「燐寸」という言葉、もしくは文字は、何時の間にかそれと関係のある「煙草」という言葉、もしくは文字に置換えられて了っていたのだ。……彼はそう説明した。

それが、此の発見がいかにも面白くて堪《たま》らないというような話ぶりで、おまけに最後に、こういう習慣はすべて概念ばかりで物を考えるようになっている知識人の通弊だ、という思い掛けない結論まで添えた。実をいうと、私は、その間、彼自身は非常に興味を感じているらしい此の問題の説明に、あまり耳を傾けてはいなかった。ただ、そのセカセカした早口なしゃべり方を聞きながら、確かに、これは（声こそ違え）私の記憶の何処かにある癖だ、と思い、しきりに、その誰であったかを思い出そうとしていた。が、丁度、極めてやさしい字が仲々思い出せない時のように、もうすっかり解って了ったような気がしながら、渦巻の外側を流れる芥《あくた》の如く、ぐるぐる問題のまわりを廻ってばかりいて、仲々その中心にとび込んで行けないのだ。

　その中に私達は本郷三丁目の停留所まで来た。彼がそこで立止ったので、私もそれに倣《なら》った。彼は電車に乗るつもりかも知れない。私達は並んで立ったまま、眺めるともなく、前の薬局の飾窓を眺めていた。彼はそこに何か見付けたらしく、大股《おおまた》に其の窓の前に歩いて行った。私も彼について行って覗《のぞ》いて見た。それは新発売の性器具の広告で、見本らしいものが黒い布の上に並べられていた。彼はその前に立って、微笑を浮かべて暫く覗いていた。その彼を、私は横に立って眺めていた。と、その時、彼のそのニヤニヤした薄笑いを横あいから覗き込んだ時、突然、私はすっかり思い出した。今まで私の頭の中で、渦巻のまわりの塵《ちり》のようにぐるぐる廻ってばかりいた私の記憶が、その時、忽ち渦巻の中心に飛び込んだのだ。皮肉げに脣を曲げたあの薄笑い。眼鏡を掛けてはいるが、その奥からのぞいている細い眼。お人良しと猜疑《さいぎ》とのまざりあった其の眼付《めつき》。――おお、それが彼以外の誰だろうか。虎に殺され損った勢子《せこ》を足で蹴返していまいましげに見下した彼以外の誰の眼付だろうか。その瞬間、一時に私は、虎狩や熱帯魚や発火演習などをごたごたと思い浮かべながら、これが彼であるのを見出すのに、どうしてこんなに手間を取ったろうか、と自分ながら呆《あき》れてしまった。

そうして私は今や心からの喜びを以て、後から彼の肩を打とうとした。所がその時、真砂町《まさごちょう》の方から来た一台の電車が停留所に停った。それを見た彼は、私の手がまだ彼の高い肩に達しない前に、そして、私の動作に一向気づきもしないで、あわただしく身を翻《ひるがえ》して、その電車の方へ走って行った。そして、ひらりと飛乗ると、車掌台から此方《こちら》を向いて右手を一寸挙げて私に会釈し、そのまま、長い身体を折るようにして車内にはいって了った。電車はすぐに動き出した。かくして私は、十何年ぶりかで逢った我が友、趙大煥を、――趙大煥としての一言をも交さないで、再び、大東京の人混みの中に見失って了ったのだ。

注釈

五*狐憑《きつねつき》　狐の霊がとりついたような異常な精神状態のこと。作品の読み方については「こひょう」とする説もある。

六*スキュティア人　スキタイ人。前七世紀から前三世紀頃まで黒海の北側を中心に活動した民族。スキタイ人の住む地をスキュティアと呼び、同地方に住む民をまとめてスキタイ人と呼称することもある。

八*鱗族《いろくず》　りんぞく。鱗のある動物。魚類のこと。

三*鵞毛《がもう》　ガチョウの羽毛。白いもの、あるいは極めて軽いものの喩《たと》えにも用いられる。

四*ホメロス　古代ギリシアの伝説的詩人。前八世紀末頃の人とされ、叙事詩『イーリアス』『オデュッセイア』の作者に擬せられる。

*マエオニデェス　吟遊詩人。古代ギリシアでは、各地を訪れて詩を作り、それを歌う。

一六*大キュロス　アケメネス朝ペルシャの建国者。在位は前五五九年—前五二九年。

*波斯《ペルシャ》　ここではアケメネス朝の支配する、イランを中心とした古代オリエント地域のこと。

*カンビュセス　カンビュセス二世。在位前五二九年—前五二二年。父が成し遂げら

れなかったエジプト征服に成功した。

*バクトリヤ　バクトリア。アムダリヤ川の上・中流域の古称。アケメネス朝の支配領域であった。

一七*メムフィス　メンフィス。前三一世紀以前に建設された都市。現在の首都・カイロの南方二〇キロに位置する。古王国時代を通じて首都であり、市内には職人の神・プタハ（プター）を祀る神殿があり、近郊のギザ、サッカラ、ダハシュールなどにはピラミッド等の墓地が建築された。七世紀に放棄された。

*方尖塔《オベリスク》　古代エジプトにおいては、神殿等に建てられた記念碑。

*プサメニトス　エジプト第二六王朝（サイス朝）最後の王・プサメティコス三世のこと。牛の血に関するくだりはヘロドトス『歴史』に見える。

*アメシス　アマシス。プサメティコス三世の父・イアフメス二世のこと。ヘロドトスによれば、在位は四十年以上に及び、その治世下でエジプトは大いに繁栄した。

一八*カンビュセスが含む所　ヘロドトスは、カンビュセス二世がアマシスに娘を要求したこと、アマシスが偽って先王アプリエス（ウアフイブラー）の娘を差し出したことを記す。

*サイスの市《まち》　ナイルデルタに位置する都市で、サイス朝の首都。

二一*孔雀石《くじゃくせき》　濃緑色の鉱物で、装飾、あるいは粉にして顔料として用いる。

二六*アシュル・バニ・アパル大王　アッシュールバニパル。新アッシリア時代のアッシリア王で、在位は前六六八年—前六三一年頃。度重なる外征に成功し、アッシリア帝国の最大版図を築き、国内も繁栄したとされる。

＊ニネヴェ　アッシリア帝国後期の首都。メソポタミア北部に位置する。前六一二年に陥落し、地域の中心都市はモスルに移った。

＊図書館　ニネヴェの宮殿にアッシュールバニパルが多くの粘土板を収めたもの。宮殿の二地点から三万点を超える粘土板が発見されている。

＊シャマシュ・シュム・ウキン　アッシュールバニパルの兄で、アッシリア支配下のバビロニア王であった。アッシリア支配から抜け出すため、前六五二年に謀反を起こすが、二年にわたりバビロンを包囲され敗死した。

二七＊両河地方《メソポタミヤ》　メソポタミア。チグリス川とユーフラテス川の間に形成された沖積平野を指すギリシア語。このうち上流域をアッシリア、下流域をバビロニアと呼び、バビロニアはさらに南北でシュメールとアッカドに分かれる。現在は大部分がイラクに属する。

＊ナブウの神　ナブー。メソポタミアの神。学問と書記官の神であり、知恵を司る。「運命の石板」の保持者であり、人間の寿命にも干渉することができるとされた。

三〇＊ピル・ナピシュチムの洪水　ウトナピシュティムの洪水。後出の『ギルガメシュ叙事詩』の粘土板一一に記される洪水伝説。

＊スメリヤ語やアラメヤ語　スメリヤ語はシュメール語、アラメヤ語はアラム語。い

ずれもメソポタミア地域で用いられていた言語。

＊ツクルチ・ニニブ一世　トゥクルティ・ニヌルタ一世か。中アッシリア時代の王で、在位は前一二四四年―前一二〇八年。

三一＊ギルガメシュ　古代メソポタミアの伝説的な王。シュメール初期のウルク第一王朝時代に在位したとされる。数多くの伝説を残したが、一九世紀にニネヴェの宮殿跡よりギルガメシュの事績を記した一二枚の粘土板が発見され、『ギルガメシュ叙事詩』と名付けられた。

＊アダッド・ニラリ王　アダド・ニラリ三世か。新アッシリアの王で、在位は前八一一年―前七八三年。

＊サンムラマット　サンムラマト。サムシ・アダド五世の妃で、夫の死後幼少のアダド・ニラリ三世を支えた。「アダッド・ニラリ王の后」とするのは敦の誤記と考えられる。

三二＊エレシュキガル　メソポタミアの神。冥界の女王。信仰の中心地であるクタでは、守護神として祀られてもいた。

＊シャマシュ神　メソポタミアの神。シュメール語では「ウトゥ」。いずれも「太陽」の意であり、太陽神かつ正義の神である。もともとは女神であったがのち男神となった。

三三＊サルゴン王　古代メソポタミアの伝説的な王。アッカド帝国の建国者。在位年数ははっきりしないが、前二四世紀に比定される。

三四*アヌ・エンリルの書 「エヌマ・アヌ・エンリル」。約七十の粘土板からなる天文・占星の書。成立はバビロン第一王朝期（前一九世紀―前一六世紀）と目される。

三六*アルベラ ニネヴェの東にあった都市。地震については未詳。

四〇*魯《ろ》 周公旦の子・伯禽にはじまる諸侯国。現在の山東省に位置し、都は曲阜。その勢力は早くに衰えたが、戦国時代末期の前二五五年まで存続した。西周王朝の遺風を伝える国と認識されていた。

*叔孫豹《しゅくそんひょう》 叔孫氏は魯王家の分族。同じく桓公《かんこう》の子から始まる季孫《きそん》氏、孟孫《もうそん》氏とともに三桓氏と呼ばれ、魯王を凌ぐ権勢を振るった。叔孫豹は叔孫氏の五代当主にあたる。

*斉《せい》 「太公望」こと呂尚《りょしょう》が山東半島に封建されたことに始まるとされる諸侯国。姓は姜《きょう》。前三九一年に田《でん》氏によって国君の地位を奪われる（それまでを「姜斉」、以降を「田斉」と呼ぶ）。前二二一年に秦《しん》によって滅ぼされ、ここに天下統一がなった。

五〇*郎 おとこ、若い男性。ここでは夫のこと。

*一日三秋 一日が三年に感ずるほど、思慕の情が深いこと。

*妾 妾は「めかけ」の意だが、ここでは女性がへりくだって使う一人称。

*戯翻竹枝《ぎほんちくし》 「竹枝《ちくし》」は「楽府《がふ》」という漢詩の一種で、土地の風俗を詠んだもの。ここでは戯れに翻訳したとしている。

*伯父 中島端《たん》。斗《と》南《なん》は彼の号。一八五九年―一九三〇年。敦の祖父で漢学者であっ

た中島慶太郎（撫山《ぶざん》）と後妻・きくの間には六男四女があった。端が長兄、竦《しょう》（玉《ぎょく》振《しん》）が次兄、関家に養子入りした翊《たすく》が三兄、山本家に養子入りした開蔵《かいぞう》が四兄。敦の父・田人《たびと》は五男。

＊詩文集　端の死後に竦によってまとめられた『斗南存稾《そんこう》』のこと。一九三二年に文求堂書店より刊行された。

＊羅振玉《らしんぎょく》　一八六六年―一九四〇年。清朝末期から満州国期にかけて活躍した学者・政治家。初期の甲骨文研究に優れた業績を残した。辛亥革命後、弟子の王国維《おうこくい》とともに滞日して多くの日本人と交流を持った。

＊東邦ノ賢豪長者　ここでいう「東邦」は日本のこと。日本の優れた人々。

＊道ニ滬上ニ出ヅルモノ　上海を訪れた人。

五二 ＊縞紵《コウチョ》ノ歓ヲ聯《ツラ》ネ　友人として深く交流したこと。「縞紵」は白絹の帯と麻の衣。『春秋左氏伝』に見える、呉《ご》の季札《きさつ》が鄭《てい》の子産《しさん》に白絹の帯を贈り、子産が返礼として麻の衣を贈った故事にちなむ。

＊一日昧爽《まいそう》　ある日の夜明け頃。「昧爽」は明け方のほの暗い時間帯。

＊倒屣《トウシ》　あわてて靴を逆さにはいてまで客人を歓迎するさま。「倒屣相迎」とも。『三国志』王粲《おうさん》伝に見える、当代一流の文人であった蔡邕《さいよう》が、まだ少年であった王粲が訪ねてきたのを、慌てて出迎えたため靴を逆さにはいたという故事にちなむ。

＊豊陽館　一八九四年開業の日本旅館。当時上海最大の日本人街であった呉淞路《ごしょう》（現

在の上海市虹口区）に位置し、埠頭にも近かったため多くの日本人が投宿した。のちに移転。羅振玉は一八九六年―一九〇〇年まで上海で東文学社という日本語学校を運営していた。

五二＊火化　遺体を焼くこと。火葬。

＊鬼雄《きゆう》「鬼」は中国では幽霊、死者の霊を意味する。傑物が死ねば、鬼もまた秀でた存在となると考えられた。

五三＊お髯《ひげ》の伯父　中島竦（玉振）のこと。竦は敦と親しく、敦の次男・格《のぼる》の名付け親にもなっている。端と同じく生涯独身を通した。

五四＊支那　江戸期より戦前まで、広く「中国」を意味する言葉として使用された。英語の「China」と同じく、秦がその語源とされる。

＊支那分割の運命　端の著書。一九一二年に政教社より刊行された。

五七＊相州の大山《おおやま》　神奈川県央に位置する標高一二五二メートルの山。古くからの霊山で、遅くとも縄文時代後期には山岳信仰の対象となっていた。式内社である阿夫利《あふり》神社が鎮座し、後出の神主はそれと関係するか。

五九＊バルザック　一七九九年―一八五〇年。フランスの小説家。ポンスは『従兄ポンス』の主人公で、シュムケはポンスの親友。

＊資本論　一九世紀ドイツの哲学者・思想家・経済学者であるカール・マルクスの代表的著作。共産主義および社会主義の基礎理論として、二十世紀終わりごろまで絶大

な影響力を持った。日本では一九二四年に初めての全訳が完成し、一九二五—二六年に新潮社版、一九二七—二八年に改造社版が刊行された（訳者はいずれも高畠素之）。

＊東洋壮士的豪語　アジア主義的な見地からの血気盛んな言説。

六三＊洗足の伯父　山本開蔵のこと。海軍技術中将となった。

六八＊毎我出門挽吾衣　翁々此去復何時
今日睦児出門去　千年万年終不帰
わたしが（家の）門を出て帰ろうとするたびに、わたしの袖を引き、「おじいちゃん、おじいちゃん、次はいつ来るの？」と言っていた睦子が、今日（死んで）門を出て行ってしまった。もう永遠に帰ってくることはない。

六九＊悪詩悪筆　自欺欺人　億千万劫　不免蛇身
下手な詩と下手な字で、わたしは自らを偽って他人を欺いてきた。未来永劫、この蛇のような本性から逃れることはできないだろう。

七三＊渋谷の伯父　関翊のこと。プロテスタント派の牧師となった。

＊大連《だいれん》　遼寧省南部、遼東《りようとう》半島の先端に位置する都市。遼東半島南部は一九〇五年のポーツマス条約によって日本の租借地となった。

＊三造の父　敦の父・田人のこと。漢文科教員。一九二五年より一九三二年まで大連第二中学校に勤務していた。

＊極東オリンピック　一九三〇年五月二十四日より東京で開催された極東選手権競技

大会のこと。

八〇＊ドン・キホーテ　一六―一七世紀初頭のスペインの作家・セルバンテスによる同名の小説の主人公の名。時代錯誤な蛮勇の意で用いられている。

八五＊跋《ばつ》　跋文。書物などの末尾に付す文章。

＊斗南狂夫　「斗南」は北斗星より南の全天という意。唐代の政治家として知られる狄《てき》仁傑《じんけつ》が「北斗より南、狄仁傑にまさる賢人はいない」と言われたことにちなみ、天下の賢人をさすが、端は自らそれに「狂夫」とあえて加えることで、以て天下の狂人を任じたと考えられる。

八七＊支那事変　日中戦争の当時の日本側の呼称。一九三七年七月七日の盧溝橋事件で日中両軍が衝突したことを契機に、双方とも宣戦布告をしないまま戦線が拡大した。

＊袁世凱《えんせいがい》　一八五九年―一九一六年。清末から民国初期にかけての軍人、政治家。李鴻章の後継として北洋軍閥の総帥となり、清朝崩壊後は中華民国初代大総統となった。孫文ら国民党の勢力を排除して独裁制を強め、晩年には帝政を復活し自ら皇帝となるが、これが失敗に終わり、失意のうちに没した。

＊孫逸仙《そんいっせん》　孫文。一八六六年―一九二五年。清末から民国初期にかけての政治家・革命家。一九一一年の辛亥革命に成功し、翌年に中華民国が成立。孫文は臨時大総統となる。孫文によって結成された国民党は蔣介石が継承し、台湾（中華民国）では国父とされる。前後二度にわたり日本に亡命した。

八七＊月旦《げったん》　「月旦評」の略で人物評のこと。『後漢書』に見える、人物批評で知られた許《きょ》劭《しょう》が毎月一日に批評を行った故事にちなむ。

八八＊民国革命　辛亥革命のこと。

＊五洲　五大陸のこと。アジア、ヨーロッパ、アフリカ、アメリカ、オーストラリア。あるいは、ユーラシア、アフリカ、北アメリカ、南アメリカ、オーストラリア。

＊唇歯輔車《しんしほしゃ》　密接な関わりがあり、互いに助けあわねば成り立たないことのたとえ。「輔」は頬骨、「車」は下顎骨とされる。「唇亡ぶれば歯寒し」と同様の意味で、ともに『春秋左氏伝』に見える故事にちなむ。

＊大東男児　日本男児の意。

＊四万々生霊　四億の人民。二十世紀初頭の中国の人口は四億人程度であった。

八九＊有君而無臣　君主は立派であるが、それを補佐すべき臣下がいないこと。『春秋公羊伝』からの引用で、「宋襄《そうじょう》の仁」として知られる襄公《じょうこう》の敗戦を弁護する。

＊大東亜戦争　太平洋戦争の日本側からの呼称。一九四一年十二月十二日に閣議決定され、盧溝橋事件以降の日中戦争をも遡及して含めるものとされた。

＊ハワイ海戦　真珠湾攻撃のこと。一九四一年十二月八日未明、日本海軍はアメリカ合衆国ハワイ準州オアフ島真珠湾にあったアメリカ太平洋艦隊と基地を攻撃し、西太平洋の制海権を握った。

＊馬来《マレイ》沖海戦　マレー沖海戦。一九四一年十二月十日にマレー半島東方沖で行われた、

日本海軍の陸上攻撃機とイギリス東洋艦隊との戦闘。イギリスは戦艦二隻を航空攻撃によって喪失した。

九二＊タラスコンの英雄タルタラン氏　一九世紀フランスの小説家、アルフォンス・ドーデの作品『タルタラン・ド・タラスコン』の主人公。

＊京城《けいじょう》　京城府。現在のソウル特別市にあたる。一九一〇年の韓国併合以降、日本によって強制的に改称された。

＊東小門　恵化門のこと。京城の北東にあった。

九三＊京城日報　一九〇六年創刊の日刊新聞。韓国併合後は朝鮮総督府の機関紙となり、敗戦の一九四五年まで発行された。

九四＊半島人　日本の植民地支配下における朝鮮半島出身者のこと。差別的に用いられた歴史があり、現在では使用しない。

＊内地人　日本の植民地支配下において、日本人を指す言葉。

＊龍山の小学校　京城市龍山公立尋常小学校。敦は静岡県浜松市から転入した。

＊児島高徳《こじまたかのり》　鎌倉末期から南北朝期にかけての武将。南朝方として後醍醐天皇に忠誠を尽くしたとされるが、軍記『太平記』以外の史料には見えず、実在を否定する説もある。江戸期以降、南朝の忠臣として顕彰された。

九五＊天勾践《こうせん》を空しゅうする勿《なか》れ　時に范蠡《はんれい》無きにしも非《あら》ず、と続く。『太平記』中に見える、児島高徳が隠岐に配流される途中の後醍醐天皇に奉った詩。勾践は春秋時代の越王で、范蠡は彼を補佐した名臣。後醍醐を勾践にたとえ、優れた臣下が馳せ参じることを予言する。

九八＊京城の中学校　京城府公立京城中学校。

＊華宵《かしよう》　高畠華宵。一八八八年―一九六六年。画家。大正から昭和初期にかけて、少年少女に絶大な人気を誇った、竹久夢二らと並ぶ流行画家。

九九＊南大門駅　京城市電の駅名。現在のソウル駅にあたる。

一〇二＊漢江《かんこう》　朝鮮半島中部を流れ、黄海に注ぐ河川。京城府の中心部では北西に向かって流れる。

一〇三＊永登浦《えいとうほ》　当時は機械工業が盛んであった。現在のソウル特別市永登浦区。

＊北漢山　現在のソウル特別市北部に位置する山。標高八三六メートル。

＊路梁津《ろりようしん》　永登浦の東にある街。現在のソウル特別市銅雀区。

一〇五＊崇政殿《すうせいでん》　李朝の宮殿であった慶熙宮の正殿として使用された。日本統治時代に慶熙宮が廃される過程で、崇政殿も移築された。

＊李《り》王朝　李朝。一三九二年―一九一〇年。朝鮮最後の統一王朝。韓国併合によって最終的に滅亡した。

一一二＊毒村県　京城の北東にある街か。

＊清涼里《せいりようり》　京城の東にあり、市電が通じていた。

一一三＊ある種の運動　日本の植民地支配に対する抵抗運動。

一二四＊韓国時代　李朝末期の一八九七年、国号を大韓帝国に改称している。それより日本に併合される以前のことか。

＊両班《ヤンバン》　高麗《こうらい》および李朝時代の特権的官僚階級で、王族に次ぐ士大夫階級。官位および官職を世襲するとともに、種々の恩典も受けることができた。激しい搾取を行うことも日常茶飯事であり、イザベラ・バードは『朝鮮紀行』のなかで「吸血鬼」と評している。

一二五＊日鮮融和　一九一〇年の「韓国併合」後、二〇年頃から用いられた日本による朝鮮人への同化政策におけるスローガンのひとつ。

＊西大門　京城北西部の地名。現在はソウル特別市中区。

一二六＊昌慶苑《しょうけいえん》　李朝時代の一四一八年に寿康宮が造営されたのがはじめ。のち昌慶宮と名を改め、一九〇九年には塀などを壊して動物園・植物園を作り、市民にも開放された。

一二九＊沙里院　朝鮮半島北部の都市。現在の朝鮮民主主義人民共和国黄海北道沙里院市。

一三〇＊温突《オンドル》　朝鮮半島の家屋に見られる暖房設備。台所で調理する際の排熱（煙）を、床下を経由させることで家全体を暖める。三国時代（四世紀—七世紀）から見られる。

一三九＊中折を阿弥陀にかぶった　「中折」は中折れ帽のこと。頭頂部の中央を縦に折り込み、ツバは広く、フェルトで作られることが多かった。ツバのある帽子などを後ろ下がりに被ることを、後光に見立てて「阿弥陀被り」という。

解説

池澤夏樹

読み終えることができない作家がいる。

主要な作品をひととおり読んで、わかったつもりになって忘れて、でもしばらくすると何かに促されてまた読む。そういうことを何年かおきに何度も繰り返す。

その典型が中島敦。何がきっかけなのか、ふっと「李陵・司馬遷」の冒頭のあのきりりとした歯切れのいい文章から始まる世界に身を浸したくなる。再読のはずなのに次々に見知らぬ風景が現れ、前は自分は何を読んでいたのかと疑う。奥行きの知れない深い構成と細部に至る完成度。どの作品についても同じことが言える。「光と風と夢」、「わが西遊記」、「文字禍」、「牛人」……これはどういうマジックか？

この人は世界を書いた。

世界に魅せられてどんどんそちらへ歩んだ。

今で言うグローバルでもユニバーサルでもなく、ワールド。それも歴史を含む地理。

当時、日本の支配下にあった朝鮮や南洋だけでなく。古代の中国からメソポタミアやエジプトまで、すべての場所が彼の舞台となった。生活圏の身辺雑記を粉飾して文学に見せる私小説の小細工を彼は拒んだ。

いや、身近なところから出発したこともあるのだ。「悟浄出世」の冒頭を読めば、この主人公は明らかに鬱であるとわかる。作者と重なるようにも読める。「渠《かれ》は何をするのもいやになり、見るもの聞くものがすべて渠の気を沈ませ、何事につけても自分が厭《いと》わしく、自分に信用がおけぬようになってしもうた。何日も何日も洞穴《ほらあな》に籠って、食を摂《と》らず、ギョロリと眼ばかり光らせて、渠は物思いに沈んだ」、って、つまり引きこもり・拒食ではないか。

しかしここから彼は立ち上がる。流沙河の水底に棲む妖怪たちを次々に訪れて道を問い、三蔵や悟空に会うに至る。ここのところは善財童子が五十三人の師を廻って最後に普賢菩薩によって開悟したという「華厳経入法界品《にゅうほっかいぼん》」のパロディーだろう。

昭和に入っても日本文学の主流はまだ自然主義の私小説だった。中島敦はそれを横目で見て、「かめれおん日記」や「狼疾記」などを書きながら、ちょうど悟浄が発起して鬱を脱したように、世界文学の側に身を移した。

それを可能にしたのは彼にあった厖大《ぼうだい》な教養である。

江戸期以来の漢学を軸とする知識人の家系に生まれた。祖父は漢学者中島撫山《ぶざん》、伯父の疎《しょう》も、もう一人の伯父斗南先生こと端《たん》もやはり漢学者。父の田人《たびと》は漢学者とまでは言えないが漢文の教師。生母も継母も伯母も教師。敦は漢文の素養に英語を重ねて育ち、横浜高等女学校の教師になった。他の道はあり得なかったかのごとくだ。

教養は人を自由にする。

「文字禍」を書くのに用いられたのはやはり文字であった。漢文と英語を得たことで彼は中国古代以来の歴史と現代世界の隅々に及ぶ地理を自分の掌中に収めた。それが武帝の漢からR・L・スティーヴンスンのサモアまで。あとは書きたい放題だ。

人は文学に創造性を求めるが、それは表面の意匠に過ぎない。古来、文学は先行する作品を足場として書かれてきた。伝統を受け継いで、そこを起点にどれほど遠くまで行けるかが才能の力だ。『史記』がなければ「李陵・司馬遷」はなく、『論語』がなければ「弟子《ていし》」はなく、『ヴァイリーマ・レターズ』がなければ「光と風と夢」はなかった。

☆

以上は総論。ここからは個々の作品について述べよう――

「狐憑」を読んでぼくは苦笑する。このシャクという男は要するに作家なのだ。作家という職業の嚆矢《こうし》。

自分が古代に生まれていたら何をして世を渡ったか、時々夢想することがある。男としては野山を駆け巡って獣を捕ってくるのがいちばんかっこいいだろうが、その能力はありそうにない。他の部族との対決の先頭に立つ指導者というのも無理。畑を耕すとか木を切り倒すとか、膂力《りょりょく》において人一倍とは思えない。

そこで村の隅の方で子供たちを集めてお話をしてみる。おかしな話、愉快な話、人間の由来、世界の始まり、動物たちのこと。もしも話が上手なら大人も聞きに来るだろう。その対価に少しは食べ物などが貰えた。職業として不急不要だから飢饉とか戦火とかの時はまっさきに切り捨てられるだろうが。

中島敦は社会における知識人の立場をいささかの自嘲を込めて戯画化した。短篇としての完成度においてどこか芥川龍之介に通じるところがある。

芥川が『今昔物語』や切支丹文学を素材に創作を試みたように、中島敦も中国の古典やスティーヴンスンの書簡を用いている。ヘロドトスの『歴史』もその一つで、この話の冒頭、「牝馬の腹に獣骨の管を挿入れ、奴隷に之を吹かせて乳を垂下らせる」

というスキュティアの風習は『歴史』の巻四の一にある。『歴史』は一九四〇年に青木巌の訳が出ているから敦はこれを読んだのだろう。水上の集落はフィリピンあたりか。

「木乃伊《ミイラ》」もヘロドトスの『歴史』をきっかけとする。古代世界の雑学とゴシップの集大成とも言うべきこの愉快な本の巻三にカンビュセスのエジプト遠征の話がある。パリスカスはその一員という設定だが、岩波文庫版の索引にはその名がないところを見るとこの人物は中島敦の創作だろう。

　前世の記憶、時空を超えるデジャブ（既視感）、次第に真実に追い込まれるさまを描く巧みな話術。知的なスノビズム。いい短篇である。

「文字禍」。我々は文字の恩恵に日々浴している。文字なくして文明はない。しかしそれは本当に恩恵なのか？　人間は文字に呪縛されているのではないか？

　この話の未来的洞察にぼくは驚く。じっと文字を見ているとその文字の構成要素がバラバラになってしまって意味を失う。これは今ならばゲシュタルト崩壊と呼ばれる心理現象である。現実にある物が文字に置き換えられると影が薄れる。つまり文字というバーチャル・リアリティーの方が優位に立つのだ。物は質量があるから重いが、文字は紙と筆、コンピューターとインターネットの中で自在に動く。その恩恵と災厄に我々は日々さらされている。文字に押しつぶされる日は遠くない。

この作品を跳躍台にとんでもなく遠いところまで飛んだのが円城塔の短篇集『文字渦』である。

「牛人」は恐い話だ。

出典は『春秋左氏伝』だから、時代は紀元前六世紀。中島敦の作では「弟子《ていし》」とほぼ同じ頃。

諸侯の一人である叔孫豹が旅の途中で会った女との間に子を生した。十数年後、その女が子を連れてやってくる。覚えがあるから引き取るが、この子が牛に似た異形の者で、父に取り入って宮廷内で次第に勢力を伸ばす。

読めばわかる明解なストーリーだから余計なことは言わないが、冒頭の悪夢の場面、明らかに映画的である。二十世紀に入って興った映画産業は文学に多く原典を仰いだが、その一方で文学の方も映画の影響下に入った。描写が視覚的になったのだ。だからこの降りてくる天井に潰されるというところを読んで「スターウォーズ」の一場面を思い出しても不思議はない。と言いながら、しかし日本史には「宇都宮城釣天井」

などというものもあったと思い出す。

江戸時代の都市伝説に「件《くだん》」というバケモノの目撃譚がある。この文字のとおり「人牛」なのだが、『春秋左氏伝』とは無縁なのだろうか。また内田百閒《ひゃっけん》に「件」という話があって、これは三日で死ぬがその前に予言をすると信じられているその件に変身した男の一人語りである。

「斗南先生」。中島敦はあまり自分のことを書かなかった。題材を遠くに求めることが多かった。その彼が珍しく肉親のことを書いたのがこの作品である。中島端という一徹を超えて奇矯に近い人物の晩年を甥である自分の視点から冷徹を旨として書いた手記。しかもそれを擱筆から十年後に筐底《きょうてい》から取り出して改めて読み、伯父への評価に大きな変化が訪れるという、時間的に二重の仕掛けになっている。

「斗南」とは北斗七星から南、すなわち全天下のこと。この名乗りはそれを視野に収める気宇壮大の我という豪語である。

端は漢学者であり、国士・壮士であった。言うことは大言壮語と甥には聞こえる。老いてますます頑固になり、病を得て更に始末が悪くなった。親族の中でもなぜか気に入られた甥は何かとこき使われ振り回されて辟易する。介護と看取りの役回りが天から降ってきたよう。

この話で感心するのは鋭い観察力だ。それも二段構え。今のように人間が均質化される前の時代の勝手気ままな老人を冷ややかに見て記述しながら、自分の中にこの伯父と似通う部分を見いだして動揺する。死後七年にして初めて読んだ『支那分割の運命』の論旨に納得する。

彼のこの観察力は古典を読む時には（「李陵・司馬遷」のように）生き生きとした人物像を生み、現実に生きた人に会う時には（「環礁」のマリアンのように）生彩あふれる肖像を描く。

冒頭に斗南先生が作った「竹枝」がある。漢詩の形式の一つで庶民の暮らしを歌うのに最も適した柔らかいもの。この場合は「来いとゆたとて行かりょか佐渡へ」という俗謡の漢訳と知れる。男が佐渡にいて、こちらへ来いと言う。しかし佐渡は海の果て、そうそう簡単に行かれるものではない、という女の嘆き。本来はこの後に「佐渡は四十九里波の上」と続く（『山家鳥虫歌』）。先生には粋な面もあったのだ。

「虎狩」。朝鮮の昔話は「昔々、まだ虎が煙草を吸っていた頃」で始まる。虎はいたのだ。今も北朝鮮にはアムール虎がいるという。

中島敦は十一歳から五年半を朝鮮で暮らしている。その時期の友人との仲を書いたのがこの作品で、成長期の少年たちの不器用ながら温かい交情が自制の利いた緻密な筆致で描かれる。趙大煥という「半島人」のその友人の複雑な矜持をいくつかの事件に絡めて記してゆく。黄砂の中の取っ組み合いの場面など見事なものだ。

それで終わるのなら文学青年の回顧として普通かもしれないが、話はいきなり虎狩になる。しかもこれが実にリアルで、体験談としか思えない。そして実に楽しい。更に彼の突然の失踪と十数年後の一瞬の再会、そこで発されるのが「言葉で記憶していると、よくこんな間違をする」という実に中島敦的な箴言《しんげん》めいたつぶやきだ。彼はあれほど言葉を巧みに使って執筆しながらどこかで言葉を信用していなかった。

付記

本稿の☆までは『中島敦展――魅せられた旅人の短い生涯』神奈川近代文学館・展覧会図録（二〇一九年九月）に寄せた文章を編集・加筆・再録したものであり、その後の各作品論は書き下ろしである。

二〇二〇年十月　札幌

年譜

明治四二年（一九〇九）

五月五日、東京市四谷区簞笥《たんす》町五九番地（現在の東京都新宿区三栄町一〇番地のあたり）に生まれた。父、田人《たびと》は、千葉県銚子町外二町五か村組合立銚子中学校に勤務していた。母、千代子も教員で東京市内の小学校に勤務していたというが、詳しくはわかっていない。

戦前、教員検定試験の制度があって、学歴がなくとも、この試験によって教員の資格を取得できた。敦の父、田人は、二二歳で中等教員漢文科（現在の高等学校に相当する）の資格を得て、中学校の教師をしていた。

敦の祖父撫山《よざん》中島慶太郎は亀田《かめだ》鵬斎《ほうさい》門の漢学者である。七男三女があり、田人（一八七四—一九四五）は六男である。長子靖は栃木在住の、次男端は斗南と号したともに漢学者であり、三男竦は中国古代文字の在野の研究者である。四男翊はプロテスタント派の牧師であり、五男開蔵は造船家、末弟比多吉は満州国の高級官吏であった。

また、以下の年譜が示すように、敦は父親とはかけ離れた生活もあってか、われわれに想像されるような幼少からの漢学の素読は受けていなかった。後年「山月記」を読んだ田人は「誰も教えないのによくこれほどまでに」と驚いたという。

明治四三年（一九一〇）　一歳

二月、ゆえあって母千代子が離別された。後年「彼は生みの母の面影も知らなかった」とみずから書いている。父の郷里埼玉県久喜町の祖父母の許に引きとられた。

四月、父、田人、奈良県郡山中学校に転じ任地に移る。

明治四四年（一九一一）　二歳

六月二四日、祖父中島撫山永眠す。行年八四歳。

大正三年（一九一四）　五歳

二月一八日、父が再婚する。

大正四年（一九一五）　六歳

三月、小学校入学のために、父の任地、奈良県郡山町に移る。

大正五年（一九一六）　七歳

四月、奈良県郡山男子尋常小学校に入学。

大正七年（一九一八）　九歳

五月、父が静岡県浜松中学校の教師となり、六月末、第三学年一学期を終了して、七月静岡県浜松尋常小学校に転入学する。

大正九年（一九二〇）　一一歳

九月、父が朝鮮竜山中学校に転勤し、朝鮮京城竜山小学校の第五学年に第二学期より転入学する。

大正一一年（一九二二）　一三歳

三月、竜山小学校を卒業し、四月、朝鮮京城府公立京城中学校に入学。

大正一二年（一九二三）　一四歳

三月、妹澄子が生まれ、四月第二母が死去する。

大正一三年（一九二四）　一五歳

四月、三番目の母を迎える。

大正一四年（一九二五）　一六歳

三月、父が竜山中学校を退職し、一〇月より関東庁立大連第二中学校へ奉職する。

大正一五年・昭和元年（一九二六）　一七歳

四月、中学の四年修了より第一高等学校（現在の東京大学教養学部）文科甲類に入学する。抜群の成績であった。

昭和二年（一九二七）　一八歳

春、肋《ろく》膜《まく》炎をわずらい一年間休学する。八月、『校友会雑誌』に「下田の女」を掲載。

昭和三年（一九二八）　一九歳

この頃よりすでに喘息《ぜんそく》の発作があったといわれている。四月、今までの寮生活から、東京青山の親《しん》戚《せき》の家に寄《き》寓《ぐう》する。そこで、年長の田中西二郎と相知るようになった。一一月、『校友会雑誌』に「ある生活」「喧嘩《けんか》」の二編が掲載される。

昭和四年（一九二九）　二〇歳

二月、文芸部員となり『校友会雑誌』の編集に携わるようになる。部長は立沢剛、部員は高橋三義、木村左京、氷上英広、中島敦の四名。同誌は不定期刊行ながら年間に五、六回出すのを目標としていた。六月『校友会雑誌』に「蕨《わらび》・竹・老人」「巡査の居る風景」を「短篇二つ」という題のもとに発表する。

昭和五年（一九三〇）　二一歳

一月、『校友会雑誌』に「D市七月叙景(1)」を発表。三月、第一高等学校を卒業。四月、東京帝国大学文学部国文学科に入学。六月、伯父中島端（斗南先生）目黒区洗足の第三弟山本開蔵氏宅にて死去、行年七八歳。著書に「支那分割の運命」「斗《と》南存藁《なんぞんこう》」（昭和七年文求堂刊）がある。

夏期休暇を中心にして荷風、潤一郎の作品をほとんど読む。

昭和六年（一九三一）　二二歳

三月、橋本たかと結婚。八月、休暇中にやがて卒業論文への材料となる上田敏全集、子規全集、鷗外全集などを読む。

▼「私の覚え書きに『十二月十二日、中島ノレコード売立』というのがある。本郷三丁目あたりで高校以来の友人を集めて、私の家へ円タク連れで来て、中島のレコード三十枚あまりを売り立てた。そのころはなにくれとなく金が要ったのだろう」（氷上英広「中島の回想から」）

▼「夏休みがすぎてから、しばらくぶりで逢《あ》った時の話。

──このごろ、なにか、大ものを読んだかね」と、私。

──うん、夏中勉強したよ」と、トン。

──なんだい、それは」

──アマノソウフの全集を、読み通したよ。もうれつに勉強した。ヤツは、えらいな」と、トン、すましている。

──なんだい、そのアマノソウフっていうのは。学者かい」

──うん。将棋の天才だ。江戸時代のヤッだ」

（釘本久春「敦のこと」）

昭和七年（一九三二）　二三歳

八月、当時満州国建国の要人だった旅順《りょじゅん》在住の叔父を頼って、南満州、中国北部を旅行する。秋、朝日新聞社の入社試験を受ける。伯父（中島撫山の次男、端、斗南と号した）のことを「斗南先生」という短編にまとめる。「療養所にて」という短編を試みている。

昭和八年（一九三三）　二四歳

一月中島撫山の著『演孔堂詩文』および中島斗南の『斗南存稾』を東京帝国大学図書館に寄贈する。

▼「（別の伯父から『斗南存稾』を）帝大と一高の図書館へ納めるように、いいつけられているのである。……図書館に納めることが功徳《くどく》になるか、どうかすこぶる疑問だな、などと思いながら、彼は、渋紙《しぶがみ》を探して小包を作りにかかった」（「斗南先生」より）

三月、東京帝国大学国文科を卒業した。卒業論文は「耽美派の研究」。森鷗外、上田敏および『スバル』一派の耽美《たんび》的傾向を論じ、永井荷風（「つゆのあとさき」まで）・谷崎潤一郎（「蘆刈《あしかり》」「盲目物語」まで）に終わる四二〇枚の論攷《ろんこう》である。

四月、大学院に入学する。研究題目は「森鷗外の研究」。

▼「勝田鹿谷《ろっこく》ノ事ハ森鷗外《もりおうがい》ノ伊沢蘭軒《いざわらんけん》ノ伝ニ鵬《ほう》斎《さい》始メテ菅茶山《かんさざん》ニ逢《あ》ワレシ時ノ事ヲ説キテ勝田鹿谷ノ寿筵《じゅえん》ニ遅レテ往キタル……此《こ》ノ鹿谷ノ伝ガ判然セザリシ故ニ問合セタノデアルガ此《これ》ハイ

ササカ間違ノ様デアル……鵬先生逝去ノ年ニテ先生七十五ナレバ鹿谷ハ二十五歳年下ナリ老人ト称ス可《べ》き理ナシ……恐ラクロクコク違イニシテ麓谷《ろっこく》ト云《い》ウ人ナルベシ……別ニ麓谷ト云ウ人ハ無シ哉《や》無クバ致方《いたしかた》ナキモ発見シタナラ報ジ越サレタシ（以下略）」（中島竦より中島敦あて書簡より）

▼「大学へ入ってからは、氏は国文科であり、僕は仏文科だったので、殆《ほと》んど顔を合わす機会はなかった。しかし高等学校の同級生だった友人が国文科にいたので、その友人を通じて氏の消息はときどき聞くことがあった。氏はその頃《ころ》無数に出ていた同人雑誌のどれにもあまり関係せず、また小説なども書かなかったらしい。その頃僕等の使った言葉で云《い》えば、氏は『文学をやめて』いた。ただその頃学校で流行《はや》っていた明治文学研究の会で、氏が喋《しゃべ》ったことがなかなか面白かったということをその友人は云っていた」（中村光夫「旧知」）

四月、父の縁故によって横浜市中区の横浜高等女学校（現在、横浜市磯子区の横浜学園高等学校）の教師となり、単身赴任し、居を同市中区長者町に定める。妻郷里の愛知県依佐美《よさみ》村にて長男を生出する。五月、横浜市中区山下町に移転する。八月、ロレンス「息子と恋人たち」を同窓の木村行雄氏と翻訳する。ただし沢村寅二郎助教授の下訳である。この秋、前記山下町のアパートにて「北方行」の一部をある同僚に朗読してきかせたことがあったという。

この春、カフカの作品を英訳で読んでいるがわが国でのカフカの読者としてはかなり早い方であろう。一部、翻訳が残されている。

昭和九年（一九三四）　二五歳

二月ごろ「虎狩」を書き『中央公論』の懸賞に応募する。三月、大学院を中退。四月、横浜市中区柏葉《かしわば》の市営アパートに移る。五月、同僚と乙女峠に登る。七月、「虎狩」が選外佳作と発表される。「やはり入選作（「贅肉《ぜいにく》」「盲目」）には到底及びつかないよ」とある友人に述懐していたという。八月、同僚と尾瀬から奥日光に遊ぶ。

この秋、喘息《ぜんそく》発作のため生命を危ぶまれたことがある。

昭和一〇年（一九三五）　二六歳

四月、横浜市の浅野学園中学校の教師をしていた友人の釘本久春氏を介して同校の教師の三好四郎氏と相知る。三好氏は京城中学で敦の二年後輩である。七月、白馬岳に登る。八月、御殿場に一夏を過ごす。秋、関西修学旅行に引率同行する。ラテン語、ギリシア語に興味をよせたり、ガーネットの作品を愛読したり、「列子」や「荘子」を愛読したりしていたのはこの頃であるという。同僚数名とパスカルの「パンセ」の講読会を持ったのもこの年という。

昭和一一年（一九三六）　二七歳

二月、シャリアピンの独唱会を日比谷公会堂へききに行く。三月初め、横浜市中区本郷町に一家を構える。下旬、小笠原諸島への旅行に出る。四月二五日、第三母死去。六月、遅くともこの頃から三好四郎氏を介して同氏の隣人深田久弥氏の許を訪れるようになる。八月、中国旅行に立ち、上海《シャンハイ》埠頭《ふとう》にて三好四郎氏と落ちあい、杭州《こうしゅう》、蘇州《そしゅう》に遊ぶ。この時の見聞印象をのちに「朱塔」と題して短歌にまとめる。一一月より一二月までに「狼疾《ろうしつ》記《き》」「かめれおん日記」をそれぞれ脱稿。韓非子《かんぴし》、王維《おうい》、高青邱《こうせいきゅう》などを愛読していたのはこの頃であるといわれ、「アナトール・フランス全集」を英訳によって読んでいる。ついでながら、その頃翻訳された、アナトール・フランスの「エピキュールの園」と「狼疾記」「かめれおん日記」との関連について考えてみるのもむだではないであろう。

昭和一二年（一九三七）　二八歳

一月、長女正子生まれて三日目に亡くなる。七月には同僚の教員たちと野球ができるほど元気で、一週間の受持ち時間が二三時間もあるほどだった。秋より喘息《ぜんそく》が悪化しはじめる。「北方行」を現在の形にまとめ上げたのもほぼこの頃であり、一一月から一二月にかけて「和歌五百首」を作る。

昭和一三年（一九三八）　二九歳

この年、草花つくりに熱中したり、機を見てはよく音楽会やレコードを聴きに出歩いたりしている。八月、渋川、地獄谷を経て志賀高原に遊ぶ。この頃より同年輩の同僚たちがぼつぼつ他へ転勤、転職して行くようになる。八月、オルダス・ハックスレイの「パスカル」を訳了する。

昭和一四年（一九三九）　三〇歳

この年より喘息の発作が劇《はげ》しくなり、相撲や音楽や天文学に好奇心を持つようになったのもこのためであったという。教務手帳が相撲の星取表に変わったりしていた。

友人釘本久春氏が一〇月より文部省の教科書の図書監修官となり「支那で出す日本語の教科書」を編修するようになる。翌々年「南方植民地で出す日本語の教科書」の編修書記となったのは、同氏の斡旋によるものである。

一月、「悟浄歎異《ごじょうたんい》」脱稿。この年、オルダス・ハックスレイの「スピノザの虫」と小説「クラックスドン家の人々」を翻訳、後者は全文ではなく、しかも未定稿のまま残されている。

昭和一五年（一九四〇）　三一歳

二月、次男出生。

夏ごろからスティヴンスンを読みはじめる。

▼「スティヴンスンのエヴリマンズは見当らないが、ツシタラ・エディションがある。三十何巻かあって全部じゃないかと思う。イン・ザ・サウス・シーズとポエムズ二巻を借りて来たが役に立つようだったら送る。バルフォアの評伝はみつからない」（九月一六日　氷上英広より中島敦あて）

またプラトンをさかんに読んでいたのもこの頃であり、後年「国家」を基にして小説を書いてみたいと、雑誌の編集者に語っていたという。古代エジプト、アッシリアに関する文献をも同時に読みだしていたという。

暮れごろから喘息の発作にしばしばみまわれ、週一日ないし二日という勤務状態となる。冬は南洋に、夏は満州に転地すればよいだろうと考えるようになる。

昭和一六年（一九四一）　三二歳

二月、喘息《ぜんそく》の発作がひどく、真剣に転地療養を考えはじめる。三月末、横浜高女を休職する。一か年の復帰猶予が認められていたが、結局これが事実上の退職となった。四月、新学期より校主田沼氏の要請により当時六六歳の父田人が代わって同校に勤めることとなり、東京世田谷の自宅より通勤する。

▼「僕の南洋の就職の話がきまりかけていて、少し、ぐずぐずしているためです。僕の病気は冬に悪いので、いっそ南洋へでも行ったらと考えたのです。その話がきまり次第、伺います」

（五月三一日　田中西二郎あて書簡）

五月末か六月はじめ、別れの挨拶《あいさつ》かたがた深田久弥氏のもとをたずねるが、同氏が不在だったため置き手紙とともに原稿数編を委託する。六月一六日、横浜高女へ退職届を提出。六月二八日、国語編修書記として南洋庁内務部地方課に勤務することとなる。パラオ島コロール町一丁目パラオ南洋庁に赴任するため横浜を出発し、七月六日任地に着く。（当時の南洋庁長官は近藤駿介、内務部長は堂本貞一である。昭和一六年末現在の人口は一四一、二五九人、うち日本人は九〇、〇七二人であった。全群島に三四の国民学校があり、島民児童のための公学校は二六、他に中学校、高等女学校、木工徒弟養成所、青年学校、国語養成所、その他に実業学校が二校あった。）着任早々から八月末までひどく健康を害う。この頃彫刻家でパラオ民俗に造詣の深い土方久功氏を知り、以来勤務外の暇をみては同氏のもとを訪れ、同氏の採集した数々の民話を教えられる。

九月一〇日、島民部落への出張を手始めに「実にいやでいやで堪らぬ官吏生活のうちで唯一つの息抜き」の出張旅行に勤務の大半を費やすようになる。一一月から一二月にかけて、深田久弥氏のもとにあずけて行った原稿のうち二編「山月記」と「文字禍」が翌年二月号の『文学界』に採用ときまる。一一月一九日、文部省より「（旧制）高等学校教員無試験検定合格」の国語教員免許状を下付される。一二月三一日「心臓性喘息ノタメ劇務ニ適セズ」という理由によって「内地勤務」を希望する。

昭和一七年（一九四二）　三三歳

一月、中旬より約二週間、土方久功氏とパラオ本島一周旅行をする。

▼「パラオは毎日雨が降るんでね、カラリと地面の乾くことがない。之《これ》では喘息《ぜんそく》に良くない訳だ。内地の五月から十月迄《まで》の方が、パラオよりは、ずっと喘息にいいよ。戦争が終る迄喘息と戦いながらこんな所で頑張るのでは身体《からだ》がもつかどうか怪しいから、なるべく東京出張所勤務にして貰《もら》って、上野の図書館へ通わして貰うようにしようと考えている。全然参考書も何もなしでは、僕の仕事は出来ないから、しかし、この時節がら、何時になったら東京へ廻《まわ》して貰えるやら見当が付かない。……役所での生活は相変らず不愉快。毎日毎日イヤーナ気持ばかり味わせられている……」（一月九日　妻あて書簡）

二月、『文学界』二月号に「古譚《こたん》」の名のもとに「山月記」と「文字禍」が掲載される。

▼「四篇のうち二篇だけ載せたのは、あの二篇がすぐれていたからです。……『カメレオン日記』は推薦しなかった。君の感想文としては面白いが、小説としては取れない気がした。……最後に一番大事なこと。次作を待つ」（三月三一日　深田久弥より中島敦あて書簡）

▼「『古譚《こたん》』の内二篇が『文学界』二月号に出たことは既に御承知の事と思います。ジャアナリスチックの噂《うわさ》は知りませんが（此頃《このごろ》あまりその方は注意しませんので）眼のある人達の間では大へん好評だったことを書添えます」（四月一日　深田久弥より中島敦あて書簡）

三月一七日、南洋よりおそらくは東京へ転勤の意を含めた出張のため帰京する。気候の変化による寒さのため肺炎をおこし、世田谷区世田谷一の一二四、父田人方にて病を養うに至る。三月末、「ツシタラの死」が『文学界』に採用されることとなり、内容の重複があることと分量が多いこと、さらに題名が不適当とする意見があって、省略と改題を提案される。

▼「この頃は紙の統制で雑誌が薄くなり、五月号から又一割減だそうです。それで『ツシタラ

の死』を載せると、大半はそれで頁を埋めてしまいますので、作品を少し削減して頂きたいのです。……尤《もっと》も僕がどうしても削除訂正絶対反対を唱えれば、編輯《へんしゅう》の方でも折れるそうですが……君も削除絶対反対なら、何とかして全文載せるが、枉《ま》げて削除訂正御承知下されば幸甚に存じます。新人の百枚以上の小説を一度に載せることは、商売雑誌（文学界はもうそれに成長しました）にとって一大英断で、それほど河上も僕もこの作品をみとめて、勢いこんでいるのです」（四月一日　深田久弥より中島敦あて書簡）

五月、「光と風と夢—五河荘日記抄」が『文学界』五月号に全文削除なく一挙掲載される。四月から六月にかけて「悟浄出世《ごじょうしゅっせ》」を脱稿。六月末、「弟子」を脱稿。

▼「ヤメル形式ハ僕モ知ラナイノデスガ、モウ日数モナイノデ僕ノ方ハ診断書ヲ添エテ兎《と》モ角《かく》モ出サナケレバナラナイト思ッテ居マス」（七月六日　土方久功より中島敦あて書簡）

「これからは役人をやめて、原稿を書いて生活して行くことになるでしょう。今も盛んに書いています」（七月三日　中島敦より教え子あて書簡）

「送って貰《もら》った文学界の小説を読んだ。何ともいえず楽しく幸福な感動を味《あじわ》いながら読み終った。あの一篇は僕のこれまでの君についての一切の知識や理解の貧しさを知らせたとも云《い》えるが同時にそれらから帰納して持っていた漠然《ばくぜん》としたものが立派な形をとって現前したことを感じ会心に堪えなかった」（七月三一日　田中西二郎より中島敦あて書簡）

七月一五日、『光と風と夢』が筑摩書房より刊行、収録作品は「古譚」四編、「斗南先生」「虎狩」「光と風と夢」である。七月末ごろ、南洋庁へ辞表を提出し、九月七日付けにて願いにより本官を免ぜられる。八月、「幸福」「夫婦」「鶏」を書き上げる。九月初め、第二創作集の原稿をまとめ、一一月一五日、今日の問題社より『南島譚《たん》』が刊行された。収録作品は「南島譚」三編、「環礁《かんしょう》」「悟浄出世」「悟浄歎異」「古俗」二編、「過去帳」二編である。一一月中旬より喘息の発作が烈《はげ》しく、心臓衰弱のため、世田谷一の一七七岡田医院に入院する。一二月四日午前六時、同医院にて死去、多磨墓地に葬られる。

一二月「名人伝」が『文庫』に発表された。一〇月末ごろ一応書き上げた原稿が遺《のこ》され、未亡人より深田久弥氏の手に渡された。同氏が「出来るだけ主観を入れない、淡白な題を選んで」「李陵《りりょう》」と名づけた。

昭和一八年（一九四三）

一月、船山馨氏らの同人雑誌『新創作』に遺稿「章魚木《たこのき》の下で」が掲載される。二月『中央公論』に「弟子」が掲載される。

▼「『弟子』の方を戴《いただ》き度《た》いと存じます、ただ今年一ぱいは大体創作欄が予約済みの形ですので来年度に発表させて戴きます」（以下略）（昭和一七年八月、編集担当者より中島敦あて）

七月「李陵」が『文学界』に掲載される。

（郡司勝義編）

本書はちくま文庫『中島敦全集1～2』を底本とし、ルビなどの表記を一部改めました。

本文中には、気違い、気が違う、傴僂《せむし》、支那人、支那民族、京城、半島人、日鮮融和、躄《いざり》といった、今日の人権意識・医療知識に照らして、不適切と思われる語句ならびに精神障害や癲癇《てんかん》についての記述がありますが、作品舞台の時代背景や発表当時の社会状況、また、作品の文学性や著者が故人であることなどを考え合わせ、底本のままとしました。

（編集部）

文字禍《もじか》・牛人《ぎゅうじん》

中島《なかじま》 敦《あつし》

令和２年 11月25日　初版発行
令和６年 11月15日　14版発行

発行者●山下直久

発行●株式会社KADOKAWA
〒102-8177　東京都千代田区富士見2-13-3
電話　0570-002-301（ナビダイヤル）

角川文庫 22420

印刷所●株式会社KADOKAWA
製本所●株式会社KADOKAWA

表紙画●和田三造

Printed in Japan
ISBN 978-4-04-110902-1　C0193

◆◇◇

角川文庫発刊に際して

角川源義

第二次世界大戦の敗北は、軍事力の敗北であった以上に、私たちの若い文化力の敗退であった。私たちの文化が戦争に対して如何に無力であり、単なるあだ花に過ぎなかったかを、私たちは身を以て体験し痛感した。西洋近代文化の摂取にとって、明治以後八十年の歳月は決して短かすぎたとは言えない。にもかかわらず、近代文化の伝統を確立し、自由な批判と柔軟な良識に富む文化層として自らを形成することに私たちは失敗して来た。そしてこれは、各層への文化の普及滲透を任務とする出版人の責任でもあった。

一九四五年以来、私たちは再び振出しに戻り、第一歩から踏み出すことを余儀なくされた。これは大きな不幸ではあるが、反面、これまでの混沌・未熟・歪曲の中にあった我が国の文化に秩序と確たる基礎を齎らすためには絶好の機会でもある。角川書店は、このような祖国の文化的危機にあたり、微力をも顧みず再建の礎石たるべき抱負と決意とをもって出発したが、ここに創立以来の念願を果すべく角川文庫を発刊する。これまで刊行されたあらゆる全集叢書文庫類の長所と短所とを検討し、古今東西の不朽の典籍を、良心的編集のもとに、廉価に、そして書架にふさわしい美本として、多くのひとびとに提供しようとする。しかし私たちは徒らに百科全書的な知識のジレッタントを作ることを目的とせず、あくまで祖国の文化に秩序と再建への道を示し、この文庫を角川書店の栄ある事業として、今後永久に継続発展せしめ、学芸と教養との殿堂として大成せんことを期したい。多くの読書子の愛情ある忠言と支持とによって、この希望と抱負とを完遂せしめられんことを願う。

一九四九年五月三日

角川文庫ベストセラー

鏡地獄　江戸川乱歩

少年時代から鏡やレンズに異常な嗜好を持っていた男の末路は……（「鏡地獄」）。表題作のほか、「人間椅子」「芋虫」「パノラマ島奇談」「陰獣」ほか乱歩の怪奇・幻想ものの代表作を選りすぐって収録。

天衣無縫　織田作之助

太宰治、坂口安吾らとともに無頼派として活躍し、大阪という土地の空気とそこに生きる人々の姿を巧みに描き出した短編の名手による表題作を始め、「夫婦善哉」「俗臭」「世相」など代表的短編を集めた作品集。

武蔵野　国木田独歩

人間の生活と自然の調和の美を詩情溢れる文体で描き出し、日本の自然主義の先駆けと称された表題作をはじめ、初期の名作を収録した独歩の第一短編集。（解説：中島京子）

堕落論　坂口安吾

「堕ちること以外の中に、人間を救う便利な近道はない」。第二次大戦直後の混迷した社会に、かつての倫理を否定し、新たな考え方を示した『堕落論』。安吾を時代の寵児に押し上げ、時を超えて語り継がれる名作。

ドラコニアの夢　澁澤龍彦　編／東　雅夫

みずからの文学世界をドラコニアと称した澁澤。本書は「澁澤龍彦×文豪」をコンセプトに、新世代の読者に向けて編まれたアンソロジー。エッセイを中心に、小説、評論、紀行、対談などの全26篇を収録。